重庆市出版专项资金资助

中国非物质文化遗产 通识读本

文脉·大传承

中国谚语与谜语

刘晓路 著

重庆出版集团 重庆出版社

图书在版编目（CIP）数据

中国谚语与谜语 / 刘晓路著 . — 重庆：重庆出版社，2019.10（2024.1重印）

ISBN 978-7-229-13970-4

Ⅰ . ①中… Ⅱ . ①刘… Ⅲ . ①谚语—汇编—中国②谜语—汇编—中国 Ⅳ . ① I277

中国版本图书馆 CIP 数据核字 (2019) 第 214692 号

中国谚语与谜语

ZHONGGUO YANGYU YU MIYU

刘晓路　著

丛书主编：王海霞　徐艺乙

丛书副主编：邰高娣

丛书策划：郭玉洁

责任编辑：李云伟

责任校对：刘小燕

装帧设计：王芳甜

重庆出版集团
重庆 出 版 社　出版

重庆市南岸区南滨路162号1幢　邮政编码：400061　http://www.cqph.com

三河市南阳印刷有限公司印刷

重庆出版集团图书发行有限公司发行

E-MAIL:fxchu@cqph.com　邮购电话：023-61520417

全国新华书店经销

开本：710mm×1000mm　1/16　印张：9.5　字数：120千

2021年6月第1版　2024年1月第2次印刷

ISBN 978-7-229-13970-4

定价：58.00元

如有印装质量问题，请向本集团图书发行有限公司调换：023-61520678

目录 CONTENTS

谚语篇

谚语是民众经验与智慧的结晶，是民众集体以口头的方式创作和广为流传的短小精练的民间文学样式。谚语又是民间流传的简练通俗而富有意义的、生活中常用的现成话，是民众习以为常的语言表达形式。

第一章
什么是谚语

SHENME SHI YANYU

第一节　谚语的名称和定义

谚语是民众集体创作的口头文学的一种形式，在早期文献记载中对它的称谓并不一致。有根据它的特点进行概述的，如《礼记·大学》说"谚，俗语也"；《左传·隐公十一年》陆德明释文说"谚，俗言也"；《国语·越语》说"谚，俗之善谣也"；《汉书·五行志》说"谚，俗所传言也"；《文心雕龙·书记篇》说"谚，直言也"；《广雅·释诂》说"谚，传言也；从言彦声"；《东莱书传》说："乃逸、纵逸，自恣也，乃谚也。纵逸则所习者下，委巷谣谚常诵于口也"。有从谚语性质而论的，如《尚书·无逸》"某氏传"中说"俚语曰谚"；《说文解字》说："谚，传言也，从言，彦声"；《新五代史·王彦章传》说："彦章武人，不知书，常为俚语谓人曰：'豹死留皮，人死留名'"；《晋书·刘牢之传》说："鄙语有之：'高鸟尽，良弓藏，狡兔殚，猎犬烹。'故文种诛于勾践，韩柏戮于秦汉"；《说文释字注》说："谚、传叠韵。传言者，古语也。古字从'十''口'，识前言；凡经传所称之谚，无非前代故训。而宋人作注，乃以俗言俗论当之，误矣！"《说文长笺》说："传言者，一时民风土著论议也。故从彦言。"

自 20 世纪初我国兴起歌谣（民间文学）研究采录之风后，不断有人关注和重视谚语的研究和采录，在汲取历史上研究者和国外研究成果的基础上，对谚语进行了不同的界定。例如：

谚语是人的实际经验之结果，而用美的言词以表现者，于日常谈话可以公然使用，而规定人的行为之言语。（郭绍虞《谚语的研究》，商务印书馆 1925 年）

谚语是在群众中间流传的固定语句，用简单通俗的话反映出深刻的道理。（《现代汉语词典》，商务印书馆 1978 年）

谚语，熟语的一种。流传于民间的简练通俗而富有意义的语句，大多反映人民生活和斗争的经验。……也是民间文学的一种形式。（《辞海》，上海辞书出版社 1980 年）

谚语是劳动人民用简练的语句，总结生产斗争、阶级斗争以及各种社会生活经验的语言艺术结晶。它是一种有教育意义、有认识作用或含有哲理的民间传言。（钟敬文《民间文学概论》，上海文艺出版社 1980 年）

谚语是通俗简练、生动活泼的韵语或短句，它经常以口语的形式，在人民中间广泛地沿用和流传，是人民群众表现实际生活经验或感受的一种"现成话"。（武占坤、马国凡《谚语》，内蒙古人民出版社 1980 年）

谚语通过简练生动的语言，形象地总结了劳动人民的生产经验、生活知识和道德的教训，是民间的格言。（段宝林、祁连休《民间文学词典》，河北教育出版社 1988 年）

谚语是民众共同创作、言简意丰、

广为口传并较为定型的艺术化语句，是集体智慧和普遍经验的规律性总结。其特质，兼具语言、文学、语俗，及百科文化载体等四性。（《中国谚语集成》，中国ISBN中心2003年）

谚语是人民群众口头上流传的通俗而含义深刻的固定语句。一般都能解释客观真理，富于教育意义。（黄伯荣、廖序东主编《现代汉语》，高等教育出版社2003年）

以上诸家界说，从不同的角度、以不同的表达方式对谚语的性质和特点作了简单明了的概括。

第二节　谚语的性质

首先，谚语是人民群众创作的一种篇幅简短的语言艺术作品，也作为人类语言的组成部分供人们在交流中使用。同时，谚语具有简练朴实、朗朗上口、便于记忆的特性，使它与其他语言形式有所区别。例如可以为人们平常的语言交流增添不少情趣，如，"烂车不挡道"、"靠山吃山，靠水吃水"、"一言既出，驷马难追"、"爬得高，摔得狠"、"不看僧面看佛面"等，这些谚语使本来平淡的述说变得生动形象，风趣活泼。

其次，谚语是人民群众实践经验的结晶，在长期流传过程中，又以不断积累的生活知识随时加以丰富。随着社会发展和人类认识水平的提高，人们总结出丰富的经验，获得了各方面知识，需要用包括谚语在内的各种交流形式表现出来。早期的谚语就多是人们对自然和生产方面的知识和经验，如，"智如禹汤，不如常耕"、"触露不插葵，日中不剪韭"等。随着人类社会的不断发展，谚语的内容也不断融进了人们更多社会实践的成果，更多方面的知识和经验，如"尺有所短，寸有所长"、"智者千虑必有一失，愚者千虑亦有一得"、"常问路的人，不会迷失方向"、"明枪易躲，暗箭难防"、"打蛇打七寸，抓贼要抓赃"、"饭后百步走，能活九十九"、"话不说死，路不走绝"等等，因此，谚语称得上是民间百科全书。

谚语还是一种可供欣赏的文学作品。谚语与一般语言形式不同，它以简练质朴的句式，形象生动的文字和富于韵律感的声调，形成了鲜明特色，成为一种不能替代的民间文学形式，其精彩作品不仅深受广大民众喜爱，在民间广泛使用和流传，也受到文人们的青睐。在有了文字之后，就经常可以看到谚语出现在各类作品和文章中，为其增加语言表现力。如，《三国演义》赤壁之战中周瑜用"人有旦夕祸福"称病，诸葛亮以"天有不测风云"回之。《儒林外史》第五回有"赵氏道：'不是这样说。我死了值得什么。大娘若有些长短，他爷少不得又娶个大娘。他爷四十多岁，只得这点骨血，再娶个大娘来，各养的

各疼。自古说："晚娘的拳头，云里的日头"'"。《官场现形记》第三十四回"他老人家从此到处募捐，广行善事。俗语说：'和尚吃八方'"等。当代作品中也很喜欢引用谚语，如《且介亭杂文二集·四论"文人相轻"》中"荒场上又有变戏法的，石块变白鸽，坛子装小孩，本领大抵不很高强，明眼人极容易看破，于是他们就时时拱手大叫道：'在家靠父母，出家靠朋友。'这并非要求在撒钱，是请托你不要说破"。《红旗谱》中"朱老忠转念又想道：'在关东有在关东的困难，天下乌鸦一般黑！'闯吧，出水才看两腿泥"。冯德英《苦菜花》中"母亲也打趣道：'俺才不怕呢。女大不认娘，大了就跟人走啦。'嫁出去的女，泼出去的水，做妈的也省了操这份心啦"。使用了谚语的人物对话，既精练，又生动。在严肃的文章中加上一些谚语，能起到言简意赅和不容置疑的效果，如毛主席在《党内团结的辩证方法》中连用谚语"任何一个人都要人支持，一个好汉也要三个帮，一个篱笆也要三个桩。荷花虽好，也要绿叶扶持。……三个臭皮匠，合成一个诸葛亮。单独的一个诸葛亮总是不完全的，总是有缺陷的"。寥寥数语，将道理

说得十分透彻。由此可见，谚语也可以像歌谣、诗词等文学体裁一样，成为一种可供欣赏的语言艺术作品。如"是非只为多开口，烦恼皆因强出头"、"甜言美语三冬暖，恶语伤人六月寒"、"酒不醉人人自醉，花不迷人人自迷"、"不怕丈深的草，就怕尺深的泥"、"千丈的水看得清，寸厚的心看不透"，接触了这些谚语，就会感受到民间语言艺术之美。

任何一条谚语都不是刻意编造的，它是广大民众习惯自然的产物。几千年来，人们在日常生活中接受和使用谚语的同时，也主动参与到创作的队伍中。民间的这种创作行为已经习以为常，许多精彩的作品，就是在不知不觉的情形下，经过了多少人的反复琢磨，创作出来的。这些优秀的民间口头文学作品，经历数千年时间的考验，流传至今。如"好记性不如烂笔头"、"只要功夫深，铁杵磨成针"、"有钱难买子孙贤"、"好人不长寿，祸害活千年"、"江山易改，本性难移"。这种民众自觉创作的行为，如今依然如此。在传统谚语继续流传的同时，还不断有符合时代特点的新谚语出现，如"村看村，户看户，社员看干部"、"歪理千种，真理一条"、"火车跑得快，全靠车头带"、"政策对了头，百姓有奔头"、"说一千，道一万，不如作出样子看"、"保家卫国，人人有责"。这些富于现实内容的谚语，在当代人们的生活中仍在发挥着应有的作用，也验证了民间文艺的顽强生命力。

谚语与俗语、格言、成语、歌谣、歇后语等一起，被人们归入"现成话"的行列，它们一起构成了我国丰富的艺术语言。在它们之间，既有联系，也有区别，如果能清楚地了解它们的特点，就可以更好地使用和发挥其各自的作用。

（一）谚语与成语的区别

"成语是人们长期以来习用的，形式简洁而意思精辟的、定型的词组或短句。汉语的成语大多由四个字组成，一般都有出处。"谚语和成语在形式上都是人们习惯使用的定型的现成语汇；有生动形象和富于韵律的表现力；结构上一般都是以词组和句子形式出现，作为语言或文章中的特殊成分。但是，二者之间的差别也很明显。

其一，二者创作内容、素材和风格不同。成语是由文人从古代寓言、历史典故和文献中吸取素材加工而成；谚语是广大民众生活实践经验的总结，以口头形式集体创作和使用。如，成语"朝三暮四"、"杯弓蛇影"、"管窥蠡测"等，用典频繁，用词典雅，书面语言风格明显。谚语则很少用典故，词语朴实，突出口语化，如"人有志，竹有节"、"百闻不如一见"、"瑞雪兆丰年"、"巧妇难为无米之炊"等。

其二，形式上，成语一旦定型，就以固定形式使用，不易改动，如"破釜沉舟"不能说是"破锅沉船"，"吹毛求疵"不能说成"吹毛求病"等等；谚语在口头流传过程中，会发生或多或少的变化，如，"远水不解近渴"、

"远水不救近火"；"好铁久炼成钢"、"好铁不炼不成钢"；"三个臭皮匠，赛过诸葛亮"、"三个臭皮匠，顶个诸葛亮"、"三个臭皮匠，变成诸葛亮"；"吃一堑，长一智"、"经一事，长一智"、"不经一事，不长一智"。

其三，成语主要通过书面形式流传，而谚语除了一些被人们用文字记录或在书中引用外，主要在民众口头上流传。

成语和谚语既然同在"现成话"的范围之内，因为它们的共同之处，在使用和流传过程中也有相互转变的情况。如"君子一言，驷马难追"、"尺有所短，寸有所长"、"项庄舞剑，意在沛公"、"一失足成千古恨"、"无事不登三宝殿"等，就常在谚语和成语之间转换。

成语和谚语比较如下：

求全责备（成语）
金无足赤，人无完人。（谚语）

孤掌难鸣（成语）
一个巴掌拍不响。（谚语）

吹毛求疵（成语）
鸡蛋里挑骨头。（谚语）

自作自受（成语）
搬起石头砸自己的脚。（谚语）

一曝十寒（成语）
三天打鱼，两天晒网。（谚语）

弄巧成拙（成语）
偷鸡不成蚀把米。（谚语）

祸福相依（成语）
福中有祸，祸中有福。（谚语）

大相径庭（成语）
牛头不对马嘴。（谚语）

未雨绸缪（成语）
晴带雨伞，饱带干粮。（谚语）

（二）谚语与格言的区别

格言是"含有劝诫意义的话"，古人指其可以作为人们立身处世行动准则和道德规范的，具有座右铭意义的言论。例如"满招损，谦受益"、"谦虚使人进步，骄傲使人落后"、"失败是成功之母"、"勤能补拙，俭可养廉"。格言和谚语有共同点，也有区别：其一，格言与谚语的创作渠道不同，格言是名家所作，可以查到作者和出处；谚语是集体口头创作，没有出处，没有作者。

例如：

九死之病，可以试医。（格言）（清代魏源《默觚（gū）·治篇》）

久病成良医。（谚语）

会当凌绝顶，一览众山小。（格言）（唐代杜甫《望岳》）

站得高，看得远。（谚语）

工欲善其事，必先利其器。（格言）（《论语·卫灵公》）

磨刀不误砍柴工。（谚语）

其二，格言与谚语风格不同。如，格言"千人所指，无病而死"、"从善如登，从恶如崩"、"宁为玉碎，不为瓦全"、"多行不义必自毙"等，风格典雅，韵律规整；谚语"成人不自在，自在不成人"、"出头的椽子先烂"、"老实常在，脱空常败"，

风格朴实，语言生动。

其三，格言具有稳定性，谚语具有变异性。格言使用过程中内容和形式上不会变化，例如"三人行必有吾师"、"少壮不努力，老大徒伤悲"等。而谚语会因时间和场合的不同在内容和形式上发生些许变化，例如："山难挪，性难改"与"江山易改，本性难移"、"线放得长，鱼钓得大"与"放长线，钓大鱼"。

格言与谚语之间也经常会出现相互融合的现象，如，"千里之行始于足下"、"近水楼台先得月，向阳花木早逢春"、"射人先射马，擒贼先擒王"、"尺有所短，寸有所长"等，界限就较难分清而时常被混淆使用。

（三）谚语与俗语的区别

俗语指约定俗成，广泛流行的，形式精练的定型语句。俗语有广义和狭义两种，广义的俗语包括谚语、歇后语、惯用语等；狭义的俗语就是前面定义所指的语句。俗语虽然同谚语都是民间口头创作，但是它们的特点有所不同。其一，谚语的主要特点"在于表达某种积累起来的经验，或者概括性的观察，或者是给予忠告"，"作为独立的判断出现，不同于俗语"，

而俗语在表述一种现象的时候，并不都具有经验性和规律性。例如"不分青红皂白"、"空口说白话"、"恨铁不成钢"、"盲人骑瞎马"、"一无亲二无故"、"前怕狼后怕虎"、"神不知鬼不觉"、"光打雷不下雨"、"驴唇不对马嘴"、"又要吃鱼又怕腥"、"台上握手，台下踢脚"、"各敲各的锣，各吹各的号"、"你走你的阳关道，我走我的独木桥"等。这些俗语以形状上的描写为主，不注重科学的结论。

其二，谚语是完整的句子，可以单独使用；俗语句子不完整，经常作为句子成分，通过上下文表达完整的意思。例如：谚语"一日放贼，十年不安"、"脚正不怕鞋歪"、"烂麻搓成绳，力量大千斤"，其意义十分明确。而俗语如果不借助一定的语言环境，就不容易明白其所指，如"端起碗吃饭，放下碗骂娘"。

俗语和谚语有很多的相同之处，区分起来不容易，经常出现交叉使用的现象。例如"捆绑不成夫妻"、"名不正言不顺"、"明人不用细说"、"打肿脸充胖子"、"三天打鱼，两天晒网"、"不是冤家不聚头"等，常被混淆于俗语和谚语之间。

（四）谚语与歌谣的区别

歌谣是民歌、民谣、儿歌、童谣的统称，古代以合乐为歌，徒歌为谣，这里的谣指随口唱出的没有音乐伴奏的徒歌。古有"谣谚"之称，说明了歌谣和谚语之间的密切关系，但是它们之间还是有不同之处。

其一，形式上，谚语以单句、复句为多，歌谣一般在两句以上。例如：谚语为"大河有水小河满，大河无水小河干"、"响鼓不用重锤，快马不用鞭催"；歌谣是"一个大姐来送米，一只麻雀来自飞；一飞飞到稻草里，一个头来一个尾"、"六月早稻黄又黄，打把稻剑日日忙；天光割来露水谷，下日割来好上仓"。

其二，内容上，谚语重在说理，以教育劝诫为主；歌谣重在表情状物，以抒情为主。如：谚语"强扭的瓜不甜，强撮的婚姻不贤"、"宁拆十座庙，不毁一门亲"、"八字衙门朝南开，有理无钱莫进来"、"千军易得，一将难求"。歌谣"一更更鼓月照山，牵哥的手摸心肝；咱打相好卜安昨，卜问我哥的心肝。二更更鼓月照埕，牵哥的手入大厅；咱打相好天注定，别人的话咱甭听……"；"蚂蚁雀儿尾巴长，接了老婆忘了娘。风来了，雨来了，黄鹄背个鼓来了。吃青枣儿，放老监，抽个疙瘩儿我喜欢"；"月儿弯弯照九州，几家欢乐几家愁；几家夫妻同罗帐，几家飘零在他州"。

（五）谚语与歇后语的区别

歇后语是由前后两部分组成的固定语句，前一部分是比喻或隐语，像谜语里的"谜面"；后一部分是对前一部分的说明解释，像谜语里的"谜底"，为表达意义的重要部分。因为前后的间歇，故名，也因为其诙谐的成分，又叫"俏皮话"。如"旗杆顶上绑鸡毛——好大的胆（掸）子"、"茶壶里煮饺子——心里有数"、"窗户上吹喇叭——名（鸣）声在外"、"徐庶进曹营——一言不发"、"猪八戒照镜子——里外不是人"、"风箱里的老鼠——两头受气"、"大姑娘上轿——头一回"。

可见谚语与歇后语的区别在于：其一，表现形式不同。谚语的句子构成紧凑，呈整体状，歇后语由前后两部分组成，中间停顿；谚语的意思一句了然，如，"远水救不了近火"、"一日夫妻百日恩"、"求人不如求己"、"天无绝人之路"意在全句；歇后语前部分描写性状，具体内容和意思在后一部分，如，"姜太公钓鱼——愿者上钩"、"狗拿耗子——多管闲事"、"喝白水拿筷子——没啥捞头"、"龙须菜炒韭菜——乱七八糟"、"丈二的和尚——摸不着头脑"。

其二，谚语主要说明道理，歇后语以描述情状为主，如，谚语"肥料不到，麦子不长"、"三分病，七分养"、"霜后暖，雪后寒"意在说理；歇后语"孔夫子搬家——净是输（书）"、"小葱拌豆腐——一清（青）二白"、"狗撵鸭子——呱呱叫"主要是性状的描述。

其三，谚语与歇后语的风格不同。谚语之理在庄重之中，歇后语则幽默风趣。如，谚语"宁可不识字，不可不识人"、"对症下药，药到病除"；歇后语"孔夫子游列国——尽是理（礼）"、"买炒肝不够货——熬心熬肺"，二者风格迥异。

其四，谚语与歇后语功能上有所不同。谚语意思完整，一般可以独立使用，歇后语则多在文章作句子成分或作品中人物对话的成分，如，老舍《骆驼祥子》中："他必审问我，我给他来个'徐庶进曹营——一语不发'。"

鲁迅《且介亭杂文二集》中："一群愚民，却还是硬要当他圣僧，到处跟着他祈求，礼拜，拜得他'哑子吃黄连——有苦说不出'。"

谚语和歇后语有时也不都是泾渭分明，如"驴粪蛋子两面光"、"蚕豆就萝卜嘎嘣脆"、"哑巴吃黄连有苦说不出"，在形式上稍作变化就难分彼此。

第四节　谚语的起源和发展

（一）谚语的起源

谚语是人类劳动实践的产物，是在人类的认知水平和技术进步达到一定熟练程度的基础上产生的，也是人们长期观察自然环境和从事劳动实践，参与自然斗争和社会斗争的经验总结，以及人们认识的发展和深化的结果。高尔基说："语言艺术产生在太古时代人的劳动过程中，这是大家公认和确定的。这种艺术之所以产生，是因为人类渴望用最容易记牢的词形，即用二行诗、'谚语'、'俗语'和古代的劳动号子等形式来组织劳动经验。"

（《论艺术》）如：打铁抢火色，种田抓季节。阳雀开口叫，田地开始闹。误了一春土，一年白辛苦。要省力，农具齐。庄稼管理精，瘦土出黄金。细米白面，田中提炼。抢收如抢宝，过秋收把草。这种简练通俗，容易上口的短语，既有人们需要的经验和知识，又简洁明了、悦耳动听，自然而然就在民众中间生根、成长，并传承下来。

谚语产生的时间虽不能确定，但根据文献的记载，早在三千多年前就有人在书中引用谚语，即"古者有谚"。这些谚语被称为"夏谚"或"周谚"。因此，有人将其定为夏商周的产物（清代曾廷枚《古谚闲谭》），也有人说是"黄帝语"（明代杨慎《古今谚》），将其产生的时间推得更远。清代学者杜文澜《古谣谚·凡例》中说："谣言之兴，其始止发乎语言，未著于文字"，告诉我们，谚语是同人类语言诞生的时间相隔不远，只是在很长一段时间没有被文字记录下来。所以，谚语究竟诞生在什么年代，已经很难考证。又因为谚语产生的方式，以及作用和表现形式与其他民间文学作品特征不同，被鲁迅先生认为是"不识字的作家"的创作，说明谚语诞生的年代远在文字产生之前。

（二）谚语的发展

由于绝大多数谚语是口头创作和流传，以文字形式保留下来的不多，我们现在从古籍中见到的，也不一定是本来的样子。这些被记录的谚语，可以用作其历史的见证，为我们了解谚语的产生、发展和流传过程提供了依据。

据考，最早被记录的谚语是三千多年前《周易》中的卦爻辞文，如《泰·初九》的"拔茅茹，以其汇"；《大壮·上六》的"羝（dī）羊触藩，不能退，不能遂"；《坤·初六》的"履霜，坚冰至"；《归妹·上六》的"女承筐无实，士刲（kuī）羊无血"；《遁卦·六二》的"执之用黄牛之革，莫之胜说（脱）"，这些古谚反映的都是人们早期对自然界认识的结果和生产经验的总结。

我国第一部诗歌总集《诗经》里也有很多谚语，如《鄘风·大田》的"朝隮于西，崇朝其雨"；《豳风·鸱鸮》的"迨天之未阴雨，彻彼桑土，绸缪牖户"；《大雅·荡》的"靡不有初，鲜克有终"；《小雅·信南山》中的"上天同云，雨雪雰雰"、"月离于毕，俾滂沱矣"等，《诗经》中采用的谚语，就其内容而言，除了关于自然和生产的经验外，也有了一些社会规范的内容，都是那个时期劳动人民总结天气观测占验和农业、畜牧业等方面经验的结果，显示了那个时期劳动人民的聪明才智。

许多古籍记录的谚语证明，秦汉以前，谚语就已经被广泛用在学术文章、诸侯盟誓和外交文书之中，如《左传》中的"辅车相依，唇亡齿寒"；《韩非子》中的"远水不救近火"；《战国策》中的"见兔而顾犬，未为晚也；亡羊而补牢，未为迟也"；《过秦论》中的"前事之不忘，后事之师"；《史记》中的"尺有所短，寸有所长"、"桃李不言，下自成蹊"、"忠言逆耳利于行，良药苦口利于病"；《汉书》中的"投鼠忌器"、"前车覆，后车诫"、"百足之虫，死而不僵"；《礼记·大学》中的"人莫知其子之恶，莫知其苗之硕"；《左传·桓公七年》中的"匹夫无罪，怀璧其罪"；《国语·周语》中的"从善如登，从恶如崩"；《汉书·艺文志》中的"有病不治，常得中医"；《三国志·魏书》中的"救寒莫如重裘，止谤莫如自修"；《晋书·鲁褒传》中的"钱无耳，可使鬼"；《晋书·符坚传》的"欲人勿知，莫若勿为；欲人不闻，莫若不言"；《新五代史·王彦章传》中的"豹死留皮，人死留名"；《毛诗草木鸟虫鱼疏》中的"趣织鸣，

懒妇惊"；《韩诗外传》中的"前车覆而后车诫"；《释名》中的"不瘖不聋，不成姑公"；《埤雅》中的"桃三李四，梅子十二"，"梨白损一益，楙百益一损"；《金史·熙宗纪》中的"疑人勿使，使人勿疑"。这些谚语的内容比较之前，更多的是社会生活内容，反映了谚语随着社会进步而发展的结果。

汉代以前的谚语，除了在民间流传外，见诸文字记载的都是零星散布在各处，如西汉的《氾胜之书》在介绍黄河流域农业生产经验和技术时，就使用了谚语，"小豆，忌饼；稻、麻，忌辰；禾，忌丙；黍，忌丑……"说的就是农作物的禁忌。自东汉崔寔的《四民月令》起，集中搜集编辑出版谚语的现象一发不止，在此后的历朝历代都不曾停止。这一现象是谚语发展到一定阶段的产物，也对它的发展和传承起到了促进作用。最初，在这些文集记录的民间谚语中，以表现自然农业的内容为主，这一现象既与谚语产生的原因和使用对象相关，也与我国历来以农业为主的农耕文化社会形态相关。因此，许多官员和文化人出于促进农业生产的目的，积极编

篡谚语文集，例如，《四民月令》的"布谷鸣，收小蒜""秋分种中田，后十日，种美田""时雨降，别小葱""榆荚落，可种蓝"；《朝野佥载》的"春雨甲子，赤地千里；夏雨甲子，乘船入市；秋雨甲子，禾头生耳；冬雨甲子，牛羊冻死"；《田家杂占》的"久雨不晴，且看丙丁"；《升庵经说·易类》的"云往东，一场空；云往西，马溅泥；云往南，水潭潭；云往北，好晒麦"；《月令广义》的"黄梅寒，井底干"；《四时占候》的"雨打坟头钱，今岁好丰年"；《田家五行志》的"日落云里走，雨走半夜后"、"朝看东南，暮看西北""朝霞暮霞，无水煎茶"等。这些谚语集记录的和在民间流传的谚语一起，成为广大民众获

得知识和经验的重要渠道。这种方式对谚语的流传和发展也起到了促进作用。

明清时期是我国谚语研究和文集出版的高峰期。这时期出现了一批特别关注谚语的学者，搜集民间作品，进行编纂和从事研究。主要人物和作品有，明代杨慎的《古今谚》、徐光启的《农政全书》；清代杜文澜的《古谣谚》、曾廷枚的《古谚闲谭》、祁寯藻的《马首农言》、范寅的《越谚》等。这些集子在内容上，收集面广，从历史到当代，从自然农业到地方风土、民间信仰和社会生活；在编纂上，既有按历史排序的，也有按内容和地区编排的。因为这些谚语集的选编者都是文人学者，他们很注意作品的文学性，其中有的作者还对谚语做了考证、注解和注音，并在其文集中附有研究性文字，对谚语起源、性质、特点进行了论述。这一时期很多小说和通俗文学作品中引用了许多谚语，如《桃花扇》、《西游记》、《红楼梦》、《三国演义》、《水浒传》、《聊斋志异》等，都可以看到谚语的身影，它们使作品中的人物对话变得生动风趣，为作品增色不少。

20世纪初至中期的谚语采集和研究，在五四歌谣运动影响下得到很大发展。其特点是，许多文艺工作者到民间采集谚语，编辑成集出版发行，成果十分突出，并出现了数量过万的谚语集。不少文学家和民间文化研究者也对谚语的成因、发展及其特点进行了深入研究，为建立我国谚语学做了探索。

新中国成立以后，包括谚语在内的民间文艺在党和政府的大力支持下，得到更好的发展，创作、使用和传承的势头更劲，搜集整理，结集出版和深入研究取得了很大成果。几十年间，出版了数量众多的谚语作品集，记录了大量仍在民间广泛流传的谚语，还发表了不少的研究文章和专著。这些成果在国家的文化建设中发挥了应有的作用。

（三）文人对谚语发展的作用

在谚语发展的过程中，文人的贡献值得一提。他们除了在著作中引用谚语外，也逐渐喜欢上这种民间文学形式，尝试着适应民间文学的要求，努力表现出口头创作的特点，从而使自己的作品因谚语的采用而为民众接受，并在他们中间获得广泛流传。

如："一口纵敌，数世之患"（《左传·僖公二十三年》）；"千里之行，始于足下"（《老子》）；"生于忧患，死于安乐"（《孟子·告子下》）；"临渊羡鱼，不如退而结网"，（《淮南子·说林训》）；"近朱者赤，近墨者黑"（东晋傅玄的《太子傅箴》）；"人心不同，若其面焉"（《左传·襄公三十一年》）；"将欲取之，必先与之"（《韩非子·说林上》）；"窃钩者诛，窃国者侯"（《庄子·胠箧》）；"射人先射马，擒贼先擒王"（杜甫《前出塞九首》）；"千里送鹅毛，礼轻人意重"（唐代缅伯高的故事）；"相逢尽道休官好，林下何曾见一人"（唐代灵澈《东林寺酬韦丹》）；"山僧不解数甲子，一叶落知天下秋"（宋代唐庚《文录》引唐诗）；"近水楼台先得月，向阳花木易为春"（宋代苏麟）；"人穷令智短，百巧千穷只短檠"（《鸡肋编》下卷引陈无己诗句）；"山重水复疑无路，柳暗花明又一村"（宋代陆游《游山西村》）；"迎闯王，不纳粮"（《明史·李自成传》）等。

以上这些文人的诗句和文章短句，在内容上，或表达了民众的心声，嘲讽了腐败的官府，反映了不公平的社会现实和人民的反抗意识，具有了一定的人民性和斗争性；或给人们思想的启迪，以及警示和教育的作用；或向人们传授知识和经验。在形式上，具备形象生动、简洁凝练、通俗易懂，便于记忆的特点，合乎民间文学的表达习惯。

还有一些是文人根据自己的生活实践总结出来的某个行当的经验和体会的口诀，也因具有谚语的特征，在流传过程中，被广大民众接受和使用，变成了行业谚语。如："夜叉臂，鹤雀啄"，说的是画松树的技巧；"吴带当风，曹衣出水"，是唐代画家吴道子和北齐的画家曹仲达画人物衣着技法的概括；"丁君十纸，不敌王褒数字"，是梁孝元帝时书法家王褒作品的价值远超同代丁觇（chān）的反映，也是对同一现象的总结。再如"一日不书，百事荒芜"、"读书千遍，其义自见"、"学识何如观点书"、"书无百日工"、"不愿文章高天下，只愿文章中试官"等，都以精练的语句，反映了某些道理和经验。这类行业谚语，在民间的各个行业中也都随处可见。如"种田人靠天，做生意靠奸"、"慢工出细活"、"木匠看三，瓦匠看二"、"快刀劈篾，一缩二开"。文戏武唱，武戏文唱。文人化在谚语创作方面的成果，是对民间文学的贡献。总的来说，广大劳动人民和文人的共同努力，使谚语这一民间口头创作的瑰宝得以继承和发展。

第二章
谚语的内容特点
和分类

第一节 谚语的内容特点

谚语的内容首先表现出丰富性。它"是把劳动人民所有生活上的与社会史上的经验，都典型地予以具形化"，"谚语总是简短的，可是它们所包含的智慧和感情，却够写出整本的书来"。（高尔基）谚语几乎是自然界的一切事物和人类社会的所有现象的说明和解释，是民众长期生活经验的结晶，是现代自然科学和社会科学的历史表现。谚语的丰富性不仅表现在广泛的覆盖面，还表现在某个方面的深入细致。我国是农业大国，自古以来，上至帝王，下至百姓，都对农业生产极为重视，倾注大量心血，总结出许多促进农业发展的知识和经验。这些知识和经验在民间大多以谚语形式流传，这些谚语从理念到技术，几乎涉及农业生产及相关生活的各个方面。例如"万物土中生，万事农为本"、"天下耕读最为本"、"一年之计在于春"、"人勤地不懒"、"人怕松，地怕荒"、"多流一滴汗，多收一颗粮"、"要想粮增产，八字方针是关键"、"种田无命，节气抓定"、"麦盖三层被，枕着馍馍睡"、"黄土压沙土，一亩顶两亩"、"若要庄稼好，水肥不能少"、"庄稼要收成，土地要冬耕"、"良种准备好，收成不会少"、"立秋前后不收禾，一天就要脱一箩"等等。这些谚语从重农到勤劳，从节气到管理，从下种到收获，面面俱到，无一遗漏，而且不断产生，数千年从未停滞。

谚语是"总结生产斗争、阶级斗争以及各种社会生活经验的语言艺术结晶"。因此，经验性是谚语内容的又一个特性。"凡是谚语没有一句不正确，因为它们都是从经验里得来的语句，是一切科学的母亲。"（塞万提斯《唐吉诃德》）况且，每一条都是经过长时间的检验和无数人反复锤炼。例如："出门看天色，炒菜看火色"、"日没胭脂红，无雨便有风"、"清明断雪，谷雨断霜"、"冰冻三尺，非一日之寒"、"拿不住的手，掩不住的口"、"鼓不打不响，话不说不明"，这些谚语中说出的道理，都在实际生活中经过反复验证，大致如此。

谚语的内容还表现出深刻的思想性。谚语是社会意识形态的表现形式之一，它反映了人们对自然世界和人类社会的客观认识，即以此表达某种思想观点。绝大多数谚语表现了对一切事物的正确认识，揭示了各种事物的逻辑关系

和发展的规律，为人们提供了认识事物、解决问题正确的世界观和方法论。如，帮助人们提高认识能力的谚语有"路有千条，理只一条"、"理字不重，万人难动"、"不入虎穴，焉得虎子"、"不因一事，不长一智"、"世间无难事，只怕有心人"、"天上无云不下雨，世上无人事不成"、"人多办法多，蚂蚁能把泰山挪"等。谚语还反映了民众朴素的世界观，"真、善、美"的价值观和民众爱憎立场，揭示了社会现实和矛盾，如"家贫出孝子，国难显忠臣"、"无奸不显忠"、"皇上动刀枪，百姓遭祸殃"、"赏以劝善，罚以惩恶"、"从来为富难为仁，自古尽忠难尽孝"、"穷人身上两把刀，租米重来利息高"、"穷人不种地，富人断了气"、"为富不仁，为仁不富"、"一代做官，九世变牛"等。

谚语在其发展过程中经过了不同的社会阶段，内容必然带上了时代的特点，因此很多谚语都带有明显的时代性。如《后汉书·马援列传》中有"吴王好剑客，百姓多创瘢；楚王好细腰，宫中多饿死。长安语曰：'城中好高髻，四方高一尺；城中好广眉，四方且半额；城中好大袖，四方全匹帛。'斯言如戏，有切事实"。反映了当时统治者的爱好

和对社会的影响，以及当时穿着打扮上的社会时尚。人类进入阶级社会，不同阶级的矛盾和斗争也不可避免地表现在谚语中，如，"穷人的汗，富人的饭"、"地主的斗，老虎的口"、"生死平等，贫富不均"、"一穷万难，一富百有"、"舍得一身剐，敢把皇帝拉下马"、"打狗要用棒，打虎要用枪"、"恶狗怕揍，恶人怕斗"等。这种时代性在各个历史阶段表现出不同的内容，革命战争年代和社会主义建设时期，都有与时俱进、融进时代特点的谚语产生，如，"好铁要打钉，好男要当兵"、"火车跑得快，全靠车头带"、"喊破嗓子，不如做出样子"、"政策对了头，一步一层楼"等。

第二节　谚语的分类

在谚语被编辑成集时，为了使用方便，人们用不同的方法将它们归类。古时有按时间分的古谚、今谚、夏谚、周谚等，有按地区分的吴谚、越谚、沪谚等，有按作者分的农谚、舟人谚、行人谚等。刘半农在《越谚·序录》里把谚语分为述古之谚、譬世之谚、引用之谚、谣诼之谚、隐谜之谚、事类之谚、数目之谚、十只之谚、十当之谚、头字之谚、哩字之谚、翻译禽兽之谚、詈骂讥讽之谚、孩语孺歌之谚、劝譬颂祷之谚等十五类。

当代学界比较通用的是按谚语内容来分类,根据其产生的农耕环境和社会功用,把谚语分为自然农业和社会生活两大部分,在此两大部类之下,再细分为若干亚类。

(一)自然农业部类

自然农业谚是谚语产生较早的部分,主要反映了各种自然现象和变化规律,及其对人类生产和生活的影响。

自然谚还可细分为天文、时令、气象和物象等几类。

天文类是人们通过对日月星辰的观察总结出它们变化的情况,例如"上昼下昼,太阳一溜"、"日中则损,月满则亏"、"众星朗朗,不如孤月明"、"天不得时,三光不明;地不得时,万物不盈"、"天河上屋脊,家家有谷吃"、"天河朝南北,热得睡不得;天河朝东西,赶忙做寒衣"、"有人过得甲子年,吃不完的饭,种不完的田"等。

时令类是按照自然的四时和农历节气总结出的,不同时期适合种植何种农作物的经验,供人们用于指导农业生产和根据季节安排自己的生活。例如"春风刮,百草发"、"春干路,夏干田"、"春干满仓,夏干绝粮"、"春得一犁雨,秋收万担粮"、"要吃饭,望元宵,要穿衣,望花朝"、"春到寒食六十天,清明夏至七十七,冬至悬春四十五,再加六十是清明"、"不懂二十四节气,白把种子撒下地"、"两春夹一冬,无被暖烘烘"、"立春不逢九,五谷般般有"、"立春到,农人跳"、"惊蛰到,鱼虾跳"、"清明一场雨,有菜又有米"、"立夏不起阵,起阵好收成"等。

气象和物象类反映了风云、雷雨、霜雪和动植物变化的规律,以及这些变化对人们生活生产的影响。例如"早看东南,晚看西北"、"早看东南阴,来日雨纷纷;晚看西北明,来日天定晴"、"人黄有病,天黄有雨"、"日落风不停,来日风更凶"、"月亮发红,近日有雨"、"开门风,闭门住,闭门不住刮倒树"、"霜大是晴天,霜多是丰年"、"关门雪,三尺深"、"落雪不冷化雪冷"、"早霞不出门,晚霞行千里"、"腰疼骨节酸,一定要变天"、"麻雀打蹦，大雨出动"、"燕子低飞蛇过道大雨不久就来到"、"天要雨，青苔起；天要晴，青苔沉"、"水缸湿，盐发潮大雨不久就要到"等。

农业谚是反映与农业生产相关的一系列理念和技术的谚语，大致分为重农、种植、管理、作物、渔牧业、副业、园艺、林木等。农业谚是我国谚语的重要组成部分，也是人们在长期农业生产实践中总结出的，用于克服天气带来的困难，改善生产条件，提高生产技术，促进农业生产。农业谚涵盖了农业生产的各个方面，例如"三百六十行，种田第一行"、"农业兴，百业旺，粮食不收断百行"、"坐贾行商，不如种地开荒"、"生意不如手艺，手艺不如种地"、"种地要三壮：人壮、地壮、牲畜壮"、"地是活宝，越种越好"、"庄稼不认爹和娘，精耕细作多打粮"、"耕田有三宝，积肥、勤耕、水饱"、"种在人，收在管"、"春不种，秋不收"、"种地不看天，瞎了莫抱怨"、"不懂二十四节气，白把种子撒下地"、"种子不选好，产量不会高"、"谷子是泥里秀穗，麦子是火里生金"、"谷宜稀，麦宜稠，高粱地里卧下牛"、"棉花不打杈，越长越害怕"、"上粪不浇水，庄稼要噘嘴"、"三分种，七分管，十分收成才保险"、"田间管理好，没有病虫草"、"锄地紧三遍，不收得一半"、"细收细打，颗粒还家"、"六畜兴旺，五谷丰登"、"多养猪羊牛，农家肥不愁"、"种田看气候，打鱼看水流"、"掏不干的海，捕不尽的鱼"、"植树造林，造福后人"、"人栽树，树养人"、"编筐打篓，养家糊口"、"一亩园，十亩田，韭菜黄瓜两头鲜"等。这些谚语反映了农业的重要性，以及耕种、管理、作物、农时、养殖、副业、造林等内容。

（二）社会生活谚

社会生活谚产生稍晚，但其丰富的内容、深刻的哲理和生动的表现形式，向人们展现了全部的社会生活状况。这部分谚语大致可分为事理谚、修养谚、社交谚、时政谚、生活谚、风土谚、工商谚、文教谚等几类。

事理谚指反映事物普遍道理的谚语。事理谚是广大人民群众"慎观终始，审察事理"（《管子·版法解》），透过现象将事物的本质、普遍规律和实践经验进行高度概括，总结出的普遍道理，即"凡有所说所写，只是就平日见闻的事理里面，取了一点心以为然的道理"（鲁迅《坟·我们现在怎样做父亲》）。

例如"要得好，多用脑"、"多想出智慧"、"千难万难，用心勿难"、"心中有力，养活千口；肩膀有力；养活一口"、"歪理千条，真理一条"、"有理走遍天下，无理寸步难行"、"说一千，道一万，不如干一干"、"眼过千遍，不如手做一遍"、"要知河深浅，须问过来人"、"真的假不了，假的真不了"、"善事可做，恶事莫为"、"人善人欺天不欺，人恶人怕天不怕"、"物极必反，乐极生悲"等。以上谚语说出的道理，对人们认识世界，改造世界颇有教益。

修养谚指助于培养人们高尚品质，正确待人处世态度，好学上进精神的谚语。修养谚所要表达的思想观念往往带有普遍性的道理，任何阶层的人都应该遵守的准则和要求，这是它区别于事理谚和时政谚的不同之处。例如："山立在地上，人立在志上"、"人贵早立志，树贵早成林"、"吃不穷，用不穷，人无志气一世穷"、"人往远处看，鸟往高处飞"、"胆大走遍天下，胆小寸步难行"、"火要空心，人要实心"，这些谚语看不出明显的阶级性，任何人都应该照着去做，做到了都可以称为对社会有用的人。

社交谚指反映社会各个阶层和群体，以及个人交际往来的基本经验和规律的谚语。这些谚语为人们提供了社会交往的知识和经验，供人们互通情感和参加社会活动时使用。例如"人上百口，啥人都有"、"人怕单行，雁怕离群"、"人心齐，泰山移；心不齐，受人欺"、"你敬人一尺，人敬你一丈"、"亲戚有远近，朋友有厚薄"、"饭送饿人，话说知音"、"多一个朋友多一条路，多一个仇人多一把刀"、"人心换人心，八两换半斤"等。人们从这些谚语中吸取的社交经验，是增进人们之间感情和促进社会和谐发展的因素。

时政谚主要反映各个时期社会时事政治方面的规律和经验，内容多具有政治性和时代性。例如"国以民为本，民以国为天"、"宁做刀下鬼，不做亡国奴"、"民怕天下乱，官怕纱帽丢"、"财主靠算，穷人靠丁"、"一人发财，千人倒灶"、"雨勿会落一年，人勿会穷一世"、"亲帮亲，邻帮邻，天下穷人帮穷人"等。以上谚语表现了鲜明的立场和态度，同时为人们认识社会和改造社会提供可以借鉴的知识和经验。

生活谚是反映人民群众在日常生活中为生存和生活而进行各种活动的经验和规律的谚语。生活谚内容丰富，有反映日常生活、婚姻生活、家庭生活和社会生活等各个方面的，如"家无家长则乱，蜂无蜂王则散"、"家有家规，店有店规"、"家庭有三宝：禾柴、细米、不漏的屋"、"老猫屋上睡，上辈传下辈"、"虎父无犬子"、"儿行千里母担忧，母行千里儿不愁"、"天上无云不下雨，地上无女不嫁人"、"好姻缘棒打不散"、"男婚女配，门当户对"、"贤妻在堂，万事不忙"；有反映生老病死、衣食住行和婚丧嫁娶内容的，例如"女大十八变，越变越好看"、"衣食足，礼义兴"、"无米难成炊，无布难成衣"、"软面饺子硬面条"、"有钱要盖朝南屋，冬暖夏凉都享福"等。这些谚语都是广大民众长期生活实践总结出的，对人们获得幸福生活是十分有益的经验。

风土谚是反映各个地方特有的自然环境（土地、山川、物产等）、名胜特产、风俗习惯，以及宗教信仰等的谚语。例如"千好万好，不如自己的家乡好"、"鱼虾爱水，苗家爱山"（贵州）、"云南的烟，贵州的酒，广西的鼓"、"一方水土一方俗"、"进山先问路，入乡先问俗"、"正月初一迎新春，渣渣不准扫出门"、"八月十五月儿明，男女老少吃月饼"、"侗族萨为大，汉族庙为大"（贵州）等。风土谚给人们提供了丰富的知识，是了解伟大祖国各民族风土人情的百科全书。

工商谚是反映传统工商业产生、生存、发展，以及各手工行业技艺与传承等方面经验和规律的谚语。例如"腰缠黄金，不如一艺在身"、"家有良田千顷，不如一技随身"、"百行通，不如一行精"、"无工不富，无商不活"、"家有万贯，不如有个小店"、"做不尽的生意，学不尽的买卖"、"经商要知商，开店要懂行"、"贱卖无好货，好货不贱卖"、"慢工出巧匠"、"鞋匠好学，针眼难别"等。

文教谚是反映社会生活中文化教育娱乐等人文活动经验和规律的谚语，这部分谚语包括了文学、艺术、体育和教育等方面的内容。例如"读书破万卷，下笔如有神"、"读书不离口，写字不离手"、"学戏不练功，到老一场空"、"唱不完的戏，练不完的功"、"画画无正经，好看就成功"、"武功要练好，一年三百六十个早"、"错走一颗子，输了一盘棋"等。

第三章
谚语的形式特点
和风格

第一节　谚语的形式特点

谚语在形式上具有口语性、变异性、精练性，以及艺术性的特点。

（一）口语性

口语是与书面语相对举而言的，也是民间创作和文人创作最大的不同点。谚语的口语性主要表现在通俗简练、生动活泼、富于韵律和乡土气息，与民众的实际生活和语言习惯一脉相承，所以能在他们中间广泛使用和流传。口语性也是谚语区别其他"现成话"的突出特点。例如："有尺水，行尺船"、"文死谏，武死战"、"宁为鸡头，不为牛后"、"马不打不奔，人不激不发"、"人怕老心，树怕老根"、"恶狗怕揍，恶人怕斗"、"放长线钓大鱼"、"见蛇不打三分罪"、"救了落水狗，回头咬一口"、"宁可千日空，不可一日松"，这些读起来顺口，听起来顺耳的谚语，经常从民众日常交往中脱口而出，真实风趣。

（二）变异性

谚语是口头创作和口耳相传，没有文字创作、记录和流传那样的稳定性。由于记忆、创作和使用环境，谚语在传播过程中会发生内容和形式上的变化，出现异文和变体的现象。正是这种变化，丰富了谚语的内容和形式。通过谚语的变异性，我们可以了解它产生、流传和发展的情况。谚语变异性的情况如："丁是丁，卯是卯"与"钉是钉，铆是铆"；"编筐编篓，全在收口"与"编筐编篓，重在收口"；"戏法人人会变，巧妙各自不同"与"把戏人人会变，各有巧妙不同"；"为人不做亏心事，半夜不怕鬼叫门"与"为人不做缺德事，半夜不怕鬼叫门"、"为人不做亏心事，半夜敲门心不惊"；"三个臭皮匠，顶个诸葛亮"与"三个老婆娘，合成诸葛亮"；"三个缝鞋匠，作事好商量"与"一个巧皮匠，没有好鞋样；两个笨皮匠，作事好商量"等。谚语的变异多在形式上，内容基本保持一致。

谚语的变异性不仅表现为口头创作和流传过程中，古籍记录的谚语，也存在这种变异性，原因应该是采录时间和地点的不同，例如"前车覆，后车诫"（汉代《韩诗外传》）与"前人失脚，后人把滑"（明代《水东日记》）；"张

公吃酒李公醉"（唐代《朝野佥载》）与"张公帽儿李公戴"（明代《戏瑕》）、"张公帽掇在李公头上"（明代《留青日札》）和当今的"张三帽子戴在李四头上"。再如，晋代《三国志·魏书》的"救寒莫如重裘，止谤莫如自修"，变成后来的"救寒莫如重裘，止谤莫如不言"；唐代《晋书·鲁褒传》的"钱无耳，可使鬼"，变成"有钱能使鬼推磨"；唐代《晋书·苻坚传》的"欲人勿知，莫若勿为"，变成"要想人不知，除非己莫为"；元代《金史·熙宗纪》的"疑人勿使，使人勿疑"，变成"疑人不用，用人不疑"。

（三）精练性

精练是谚语显著特点之一，它用最少的文字、最短的句型说明了深刻的道理和丰富的经验，因此被人们誉为最短的"哲理诗"和"最容易记牢的词语"。

在文字上，谚语少则两个字，多则十数字，因受诗歌的影响，以五、七字居多。例如：

二字谚：欺生。汤饱。杀熟。

三字谚：斤鸡叫。灯下黑。酒乱性。色迷人。

四字谚：草死苗活。打草惊蛇。狗仗人势。做贼心虚。

五字谚：习惯成自然。一怒挡十恶。帮理不帮亲。心正秤才平。

六字谚：明人不做暗事。巧言不如直道。心宽不在屋宽。

七字谚：一人做事一人当。大匠手里无弃材。立下样子好做鞋。

八字谚：哪把钥匙开哪把锁。一人只能唱一台戏。乍入芦圩不知深浅。

九字谚：苍蝇不叮没缝的鸡蛋。滚动的石头不生青苔。拦路的石头有人搬。

十字谚：砍树要朝树倒的方向看。眼高脚低走路时会跌跤。

在句型上，主要是单句谚和复句谚。复句谚有二句、三句、四句等。

复句谚：软皮条，勒死人。山难移，性难改。明枪易躲，暗箭难防。一步赶不上，步步赶不上。真的假不了，假的真不了。

三句谚：人怕理，马怕鞭，蛇怕烟。山有高低，水有清浊，人有好坏。蚕老不中留，人老不中留，女大不中留。

四句谚：饥不择食，寒不择衣，慌不择路，贫不择妻。积羽沉舟，群轻折轴，众口铄金，积毁销骨。说了的话，不要推翻；做了的事，不要中断。

谚语以精练、浓缩的形式写出一

篇文章的内容，极强的概括性是其他形式不能替代的。

（四）艺术性

谚语的艺术性主要表现在创作中使用了丰富的修辞手法，达到了"辞藻生动活泼，富有形象性；句式严整精练，富有结构美；韵律铿锵多变，富有音乐感"的效果。常用的修辞手法如下：

1. 比喻，是用某些有类似点的事物来比拟想要说明的事物，即以甲事物来比乙事物，比喻分明喻、隐喻、借喻。谚语通过使用比喻手法，将要说明的抽象道理变得生动形象，浅显易懂，给人留下深刻的印象。例如："稻子多了出好米，人多了讲出道理"、"星多天空亮，人多智慧广"、"鼓不敲不响，理不辩不明"、"树直用处多，人直朋友多"、"人不可貌相，海水不可斗量"、"人在事中练，刀在石上磨"、"人死留名，雁过留声"、"留得青山在，不怕没柴烧"、"债多不愁，虱多不痒"、"树倒猢狲散"、"一个萝卜一个坑"、"死猪不怕开水烫"等等，这些用了生动比喻的谚语，可以不作任何解释就能被许多人所理解。

2. 夸张，是为了某一目的，对事物进行言过其实的表述，目的是加强人们的印象而产生更好的效果。谚语中夸张手法的运用应实事求是，恰如其分，不能使人们对要了解的事物有不合实际的感觉或误解，还能产生共鸣。例如"人心齐，泰山移"、"三人同心，黄土变金"、"一人能挑千斤担，众人能移万重山"、"只要功夫深，铁杵磨成针"、"烂麻搓成绳，力量大千斤"、"不看见自身的骆驼印，只看见别人身上的虱子脚"等等。这里的夸大其词，使事物之间产生的鲜明对比，让人过目不忘。

3. 比拟，是将一个事物当作另外一个事物来描述和说明的方法，即将人比作物、将物比作人。谚语使用比拟可以使枯燥的事物增加情趣，变得生动形象。例如："狗走千里吃屎，狼走千里吃人"、"舌头不锋利，但可以杀人"、"勤是摇钱树，俭是聚宝盆"、"响鼓不用重锤"、"生打铜，熟打铁"等，比拟的使用使谚语的表现力更加丰富多样。

4. 对比，是用两个相反或相对的事物，反映事物自身的矛盾，将要肯定或否定的意思表现出来，这种方法可以通过鲜明的对比，增强作品的表现力。例如："只许州官放火，不许百姓点灯"、"金玉其外，败絮其中"、"好话说尽，

坏事做绝"、"少年不努力，老大徒伤悲"、"尺有所短，寸有所长"等，通过对比便于人们直观地在相对立的事物中判断真伪、好坏、善恶和美丑。

5. 对偶，也是谚语常用的修辞手法，它是用两个字数相等、结构相同的语句，表现相关或相反的意思。与对偶相近的修辞手法是对仗。使用这一手法使作品产生形式工整, 合辙押韵的效果。对偶在复句谚中使用较多，它能使谚语凸显韵文的特点。例如："土帮土成墙，人帮人称王"、"一人下水水不混，独木搭桥桥不稳"、"单线不成绳，独木不成林"、"人多主意好，柴多火焰高"、"书山有路勤为径, 学海无涯苦作舟"、"当局者迷, 旁观者清"、"海内存知己，天涯若比邻"、"近山知鸟音，近水知鱼性"，这些谚语读起来有节奏，朗朗上口，富于艺术性，也便于记忆。

第二节 谚语的风格

风格是指文学创作中表现出来的一种带有综合性的总体特点。谚语作为一种民间文学形式，也有自己独特的风格。

谚语是民间集体口头创作，与作家文学不同，呈现出朴实自然、简洁流畅、生动形象的风格。例如"人有志，竹有节"、"只要功夫深，铁杵磨成针"、"成人不自在，自在不成人"、"吃得苦中苦，方为人上人"、"天下兴亡，匹夫有责"、"百闻不如一见，百见不如一干"、"击水成波，击石成火，激人成祸"、"谷雨前后，种瓜种豆"、"谷雨前，好种棉"、"富人过年，穷人过关"、"舍得一身剐，敢把皇帝拉下马"等。

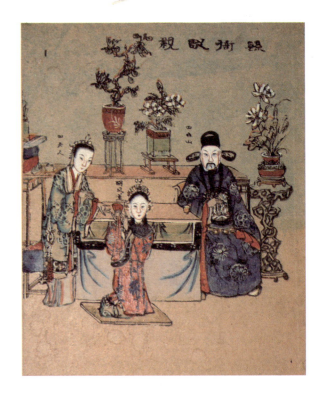

　　谚语是人类的语言财富，我国各民族人民都在创作和使用。各民族谚语除了具有其共同的特点外，也因为每个民族历史文化、思维方式、生活环境和语言的不同，形成了谚语的民族风格。例如，在创作取材上，汉族多以农耕生活和农业文明为素材，其谚语以介绍农耕文化、农业生产、日常生活和风土人情为主，例如"田是刮金板，人勤地不懒"、"修塘似修仓，蓄水似蓄粮"、"稀田多草，密田多稻"、"庄稼一枝花，全靠粪当家"、"春打六九头，米粮不用愁"。生活在草原上的民族创作的谚语，多以表现草原文化为主，常常出现与草原、放牧和牛羊相关的内容，例如"马在软地上易失前蹄，人在甜言上易栽跟头"（蒙古族）、"宰只羊一瞬间，养只羊得一年"（哈萨克族）、"骏马怀念草原，勇士怀念故乡"（柯尔克孜族）、"一只山羊被狼吃掉，十只山羊把狼吓跑"（柯尔克孜族）、"一筒子酥油是千滴牛乳制成的，一碗糌粑是用万点血汗换来的"（藏族）、"骑马不研究马的人，永远不会成为真正的骑手"（藏族）。生活在山地的民族的谚语，多有狩猎和采集的情形，例如："好射手不是他的箭出名，而是因为他射得准"（苗族）、"长刀对着野猪，美酒献给亲人"（佤族）、"鼻子闻得出檀香，眼睛看得清毒蛇"（苗族）、"猎人的眼睛蒙雾障，射不准乌鸦，认不出凤凰"（苗族）、"虹搭的桥不能走，蛇扮的绳不能抓"（瑶族）。每个民族都有自己的生活习惯和宗教文化，谚语中表现的这方面内容，也成为其民族风格的构成因素，如"腊月二十八，土家过赶年"（土家族）、"秋分日，苗家火星节"（苗族）、"汉人以茶为贵，彝人以酒为贵"（彝族）、"有酒歌儿多，无酒难起歌"（羌族）、"树最大的是杉树，人最大的是舅舅"（傈僳族）、"山下的马尾草随风倒，坡上的麻尼旗随风飘"（藏族）、"毕摩不宜嬉戏，土司不宜找钱"（彝族）。

谚语的表现形式是韵文，韵文对韵律、节奏和对仗等形式要素要求严格。各民族的谚语在遵循这些特点外，也因为各自不同语言文字的表现形式，而影响到谚语的风格。例如：汉族谚语"男人无志，钝铁无钢；女人无志，乱草无秧"、"善药不可离手，善言不可离口"、"快走防跌，快咽防噎"、"风大就凉，人多就强"；民族谚语"一勺勺积累起来的东西，不要用桶倒了出去"（哈萨克族）、"在他偷公鸡的时候，不给一点教训，将来他会偷牛"（珞巴族）、"三天路强作一天走，走完了至少躺十天"（朝鲜族）。

我国幅员辽阔，地处东南西北的人们，生活环境、语言、文化、风俗习惯、宗教信仰、名胜和物产各不相同。民众习惯于用自己熟悉的事物和语言创作谚语，因此在内容和语言上产生很多差别，形成了谚语的地域风格。例如"南方才子北方将，关中自古埋皇上"（陕西）、"关西出将关东出相"（古谚）、"天上九头鸟，地上湖北佬"（湖北）、"山东响马四川贼，河南尽出溜光锤"（湖北），反映了不同地区人的性格和职业特征；"金张掖，银武威，要想做官到天水"（甘肃）、"三泾不如一角"（上海，三泾、一角皆指地名）、"苏州街雨后着绣鞋"（江苏），反映的是各地方社会、经济、文化和地理的不同；"三原的桥，泾阳的塔，高陵牌楼一枝花"（陕西）、"湖广熟，天下足"（湖南）、"山里好吃麂、鹿、獐，海里好吃马鲛、鲳"（福建），介绍了各地物产和名胜。我国有北方方言、吴方言、闽方言、赣方言、湘方言、粤方言、客家方言等七大方言区，这些方言在字词和声调上都有很大差别，这种语言的特色在谚语中都体现出来，例如：北方方言说"三个女人一台戏"，赣方言是"三个女客（南昌话，妇女、妻子）一台戏"，湖北话又是"跑了粉子做不成粑，跑了堂客（妻子）做不了家"；北方方言说"宁和聪明人打架，不和笨人说话"，

赣方言就是"肯和吊人（赣南话，聪明人）背伞，不和鹅老子（笨人）同阵"。还有一些谚语使用了当地土语，如，"雨天怕走黄泥道，雪天怕遇大烟泡"，"大烟泡"在东北话中指"暴风雪"；"勤划拉院子少赶集"中的"划拉"，东北话指收拾；"姑娘多了费胰子"中的"胰子"北方话指肥皂；"路过烧锅旁，也会醉三天"的"烧锅"，北方方言中指酒作坊。这些方言土语，形象生动，有地方特色，很能体现地域风格。

第四章
谚语的应用和赏析

第一节 谚语的应用

　　谚语是社会的产物，服务于人类，作用于社会。谚语的教育作用是人们长期使用和传承它的重要原因。"观谚言而可以知寓教于文矣。"（杜文澜《古谣谚》引《说文长笺》）自古以来，谚语一直被当作口头教科书，成为广大不识字老百姓最可靠与最实用的教材和教育方式之一。他们从谚语中获得了生活、生产、社交等各方面的知识和经验，凭借着这些知识和经验参与到认识世界和改造世界的实践当中。谚语的这一作用，在农谚中表现得最明显。几千年来，我国广大农民就是通过在他们

中间流传的谚语，以及《四民月令》、《齐民要术》、《田家五行》、《农政全书》、《马首农言》和现当代编辑出版的农业谚语集中获得知识、经验和技术，发展农业生产的。其他方面的谚语，也大都如此。

谚语还具有训诫作用，正如高尔基所说：它是"用一种特别富于教训性的完整形式把人民大众的思想表现出来"（《我怎样学习写作》）。谚语同其他文学作品一样，在独特的形式之中表现了鲜明的世界观和价值观。谚语首先通过自身有关道德教育和社会规范的内容，对人们进行正面教育，例如"鸟美在羽毛，人美在学问"、"不下真功夫，难得好学问"、"学好千日不足，学坏一日有余"、"船靠舵正，人靠心正"、"国耳忘家，公耳忘私"、"救人一命，胜造七级浮屠"、"天下人管天下事"、"但行好事，莫问前程"。此外，谚语也常借用讽喻的方式，从反面入手，达到劝诫的目的，如，"官不清，民不遵"、"管家老鼠比猫大"、"官断不如乡评"、"一人得道，鸡犬升天"、"衙门的钱，下水的船"、"有势休要使尽，有话休要说尽"、"砍倒大树有柴烧，抱住粗腿有饭吃"等等，这些谚语通过各种社会现象表达出的观点，对人们认识社会和改造社会都有指导意义。当然，有些谚语所表达的，并不一定是全民的思想，而是部分人的或某个阶层的思想观念。鲁迅说："谚语……好像一时代一国民的意思的结晶，但其实却不过是一部分人的意思。"如，"量小非君子，无毒不丈夫"、"个人只扫门前雪，休管他人瓦上霜"、"杀得穷汉，做得富户"等，就属于这样的谚语。

第二节 谚语的赏析

谚语是有深刻内涵的艺术语言，它通过丰富而深厚的内容和美妙的形式，给人们带来美的享受。

谚语是民众智慧和经验的结晶，在内容上具有"渊博美"，在时间上涵盖了从原始社会直到现在的长度，故而有人用民众智慧与经验的"通史"来加以概括。如几千年前《诗经·豳风·七月》的"七月食瓜，八月断壶"、"九月筑场圃，十月纳禾稼"；如今的"八月豌，九月胡，十月点来喂老牛"、"十月种油，不够老婆搽头"，都是漫长过程中人们生产经验的总结。在历史长度上如此，在广度上谚语汇集了全国各地、

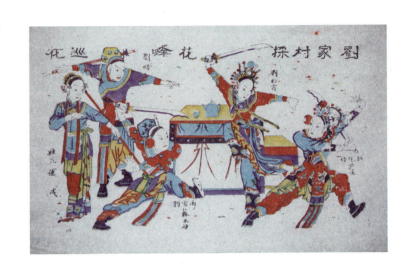

各民族、各行业和所有社会成员的智慧和经验。此外，谚语的渊博美还体现在其数量的庞大，20 世纪 80 年代有关部门主持的全国民间文学普查中采集到的谚语，有 350 余万条之多，经过筛选编纂成集的也有 40 多万条。

谚语是广大民众的口头创作，产生和使用于乡间和街巷，它的"乡俗美"异常鲜明而突出。谚语的产生、发展、传承和普及，总是与一定的地域文化相联系，离不开一定地域的乡风民俗。例如"金疙瘩，银疙瘩，比不上咸阳原上冢疙瘩"、"西安钟楼和鼓楼，半截截在云里头"。这两条陕西谚语把长安地区的悠久历史和环境特点都表现出来了，不仅让人们了解了当地历史风貌，还表现出当地人民对生活着的土地的了

解和热爱。"五月三个五，龙船打响鼓"、"五月是端阳，粽子撒洋糖"、"端午佳节，菖蒲插壁"、"五月端午喝雄黄，四季不生疮和疖"，这几条关于端午节风俗谚语的流传地湖北，是屈原故里，人们对端午节有特殊的感情，而这一情感自然而然表现在谚语中。这类谚语数量很多，也很有特色。

谚语是识字不多的民众创作和在他们中间流传的。受文化水平的限制，让他们接受抽象和复杂语言形式传达的信息是十分困难的。只有那种浅显易懂、生动精练，顺耳上口的语言形式，才适合民众的语言习惯。这种"浅近美"是谚语被民众喜爱和接受的必要条件。例如："人的名，树的影"、"若要好，大作小"、"跑不过的雨，说不过的理"、

"人往高处走，水往低处流"、"世间无难事，只怕有心人"等，道理浅显，语言朴素，生活气息浓，是人们喜爱的形式。

此外，谚语所揭示的道理是经过验证，真实可靠的。在人们屡试不爽后，留下具有公信力，可以作为值得信赖和放心使用的经验。例如："百闻不如一见"、"天无二日，人无二理"、"冰厚三尺，非一日之寒"、"风不刮，树不动"、"大树底下有阴凉"、"一日不做，一日不食"、"病从口入，祸从口出"。这些谚语说出的道理具有"雄辩美"，无可辩驳。还有一些谚语，为了说明一个道理，打破事物的逻辑规律和因果关系，有意"妄下断言"，用这种"极言"方式，达到加深印象的目的和收到预期的效果。例如"无商不奸，无奸不商"、"一人舍死，万夫莫当"、"千里相送，终有一别"、"千军易得，一将难求"、"只愁不养，不愁不长"、"龙生龙，凤生凤，老鼠生下会打洞"、"舍不得孩子打不得狼"、"宁可清贫，不可浊富"、"宁添一斗，不添一口"。

第五章
谚语的采集和
研究

第一节 古代谚语的采集和研究

谚语的采集活动，应该源自古代的采风制度。早在尧舜时期，就有在交通要道立木柱，供人们在上写谏言，以广开言路的做法。人们将这种谏言用的木柱称为"谤木"。"谤木"之上常能看到百姓们以谣谚形式写成的谏言。"谤木之制"开民间采风之先。在以后很长一段时期，官府都很重视民间采风，常有官员"听谚言于市"（《战国策·韩策》），了解民风、民情、民怨。以至到了西汉，汉武帝专设"乐府"，派官员"听歌于路"，"广求民瘼"。因为那时的歌谣和谚语还没有严格的界限，人们常用"谣谚"统称，可见谚语的采集开始也很早，虽未成集，已经散见于各种古籍之中。

直到东汉末期崔寔编纂《四民月令》，辑录了当时民间流传的农谚，使我国有了第一本集中收录谚语的文集。《四民月令》按照时令，将各个季节要做的农活分别列出，许多农谚也分别记录在其中。随后，又有了魏晋南北朝时陆玑的《毛诗草木鸟兽虫鱼疏》，北魏贾思勰的《齐民要术》，宋代龚颐正的《释常谈》、周守忠的《古今谚》，元代楼元礼的《田家五行》等，形成了以后的谚语辑录之风。这些文集中收录的谚语以反映自然农业和动植物的为多。

明清时期是我国谚语采辑和研究的高峰期，这时期出现了不少著名的学者和著作，对之后我国谚语辑录研究工作产生了很大影响。这时期的重要著作有，明代杨慎的《古今谚》、徐光启的《农政全书》、郭子章的《六语》、宋雷的《西吴里语》、沈林宏的《谚谟》；清代杜文澜的《古谣谚》、曾廷枚的《古谚闲谭》、祁寯藻的《马首农言》、汤斌的《常语笔存》、易本烺的《常谈搜》、毛先书的《谚语》、钱大昕的《恒言录》、翟灏的《通俗篇》、梁同书的《直语补正》、林伯桐的《古谚笺》、吴獬的《古谣谚》、吕联琳的《恒谚记》、毛奇龄的《越语肯启录》、胡文

英的《吴下方言考》、梁章钜的《农候杂占》、王有光的《吴下谚联》、张文虎的《俗语集对》、范寅的《越谚》。这些成果都是我国谚语的宝贵财富。

第二节　20世纪谚语的采集和研究

民国时期谚语辑录的成果也很可观，尤其是1919年"五四运动"前后开始的北大歌谣运动，促进了谚语的采集和研究。这时期有影响的作品有李鉴堂的《俗语考源》、史襄哉的《中华谚海》、范啸天的《歌谣大全》、胡寄尘的《谚语选》、朱雨尊的《民间谚语全集》、中

央农业试验所的《农谣》、陈寿彭的《民间谚语》、孙楷弟的《宋元明清四朝谚语类辑》、顾颉刚的《吴谚集》、夏云的《中华农谚》、胡寄尘的《田家谚》、费洁心的《中国农谚》、陈卓民的《中国气象谚语集》、朱炳海的《中国天气俚谚汇解》、朱介凡的《中国风土俚谚小集》和《中国谚语类编》，以及诸多各地编辑的本地谚语集等。这期间不仅有大量的谚语辑录，而且在谚语研究上也很有成就，1921年郭绍虞的《谚语的研究》就是发轫之作，文章对谚语的界定、起源、特点、价值、功能，以及谚语研究的历史等都有真知灼见。再如，杜同力的《关于谚语的报告和说明》、任访秋的《谚语之研究》、王国栋的《谚语的搜集和整理》、钟敬文的《农谚·序》、陈定红的《中国谚语中的社会关系论》、朱介凡的《论中国谚语的格调》和《论中国谚语的搜集》等都有高论。

1949年后，我国广大民间文艺工作者在"百花齐放，推陈出新"、"古为今用"方针的指引下，对谚语进行了更广泛、更深入的采录、编辑出版和研究工作，取得了以往从未有过的成绩，仅20世纪五六十年代出版的谚语集就有数百种之多。近几十年所出版的谚语集更是不计其数，其中比较有特点的有：

中国民间文艺研究会资料室主编，兰州艺术学院文学系55级民间文学小组编《中国谚语资料》（上下册），上海文艺出版社1961年（内部发行）；

无锡师范学校编辑组编《汉语谚语词典》，江苏人民出版社1981年；

农业出版社编辑部编《中国农谚》（全二册），农业出版社1980年，收谚语30余万条；

季成家、高天星编《中国谚语选》（上下），甘肃人民出版社1981年，收谚语4万多条；

中国谚语总汇编委会编《俗谚》（上中下），中国民间文艺出版社1983年，收谚语4万条；

李耀宗、马加林编《中国少数民族谚语选》，四川民族出版社1985年；

夏天编《戏谚一千条》，上海文艺出版社1986年；

李耀宗编《传统谚联增广》，中国广播电视出版社1991年；

董天恩编《体育卫生谚语》，人民体育出版社1981年，

杨亮才等编《谚海》，甘肃少儿出版社1991年，收谚语15万多条；

何学威编《中国古代谚语词典》，

湖南人民出版社 1991 年；

耿文辉编《中华谚语大辞典》，辽宁人民出版社 1991 年；

温瑞政编《谚海》，语文出版社 1999 年；

中国谚语集成全国编辑委员会主编《中国谚语集成》30 卷，中国 ISBN 中心，收谚语 40 余万条，这部有史以来汇集数量最多的谚语集大成者，是全国各地民间文学工作者长期共同努力工作的成果。

这时期的谚语研究工作也成绩斐然，发表了大量有特点的论文，如，王骧的《试论谚语的性质与作用》、马国凡的《谚语的特点》、马清文的《谚语的起源、发展和散失》、王朝文的《谚语、歇后语的艺术效果》、彭燕郊的《谚语里的民间美学》、许钰的《谚语面面观》、陶阳的《谚语界说》，以及《中国谚语集成·总序》等。出版的专著主要有：朱介凡的《中国谚语论》（台北新兴书局 1964 年）、《谚语的源流、功能》（台北东方文化供应社 1970 年）；武占坤、马国凡的《谚语》（内蒙古人民出版社 1983 年）；王仿的《中国谜语、谚语、歇后语》（浙江教育出版社 1995 年）；温端政的《谚语》（商务印书馆 2005 年）；陶汇章的《谚语文论》（吉林文史出版社 2005 年）；李耀宗的《民间谚语谜语》（社会出版社 2008 年）等。这些成果为我国谚语搜集整理、编辑出版和学术研究作出新的贡献，为我国谚语学的建立奠定了基础。

谚语举例：

事理谚

理通天下路。

天上无云不下雨，世间无理事不成。

会说说不过道理，会走走不过影子。

人无两张嘴，事无两个理。

路是弯的，理是直的。

煮饭要下米，说话要上理。

话有千说，理有百辨。

以理服人心服，以力服人口服。

牛无力拉横耙，人无理讲横话。

什么树开什么花，什么藤结什么瓜。

种瓜得瓜，种豆得豆。

好铁打好刀，好羊下好羔。

麻秆当不得梁，麦芒当不得针。

没有高山，不显平地。

舍不得孩子打不得狼。

人多是非多。

贪小利，亏大本。

一善消百恶。

善恶不同路，冰炭不同炉。

好人不长寿，祸害遗千年。

人善有人欺，人恶有人倚。

天有不测风云，人有旦夕祸福。

水有源，树有根。

流水不臭，臭水不流。

无风不起浪，无云不下雨。

驴不走，磨不动。

木偶不会自己跳，幕后必有牵线人。

有好必有歹，有忠必有奸。

有山必有水，有高必有低。

水深好行船，山深好藏宝。

寸有所长，尺有所短。

有一利必有一弊，有一盈必有一亏。

山高有顶，海深有底。

没有不晴的天，没有不止的风。

风大刮不倒高山，鱼大搅不浑海水。

一只手掩不住两只耳朵。

百闻不如一见。

要知山中路，须问打樵人。

听过不如见过，见过不如干过。

刀在石上磨，人在事中练。

不上高山，不知脚力。

修养谚

虎凭威，人凭志。

水往低处流，人往高处走。

有志四方走，无志家门口。

树不在树下，人不在人下。

树争一张皮，人争一张脸。

上等人，自成人；中等人，教成人；下等人，不成人。

一分力气一分胆。

水浅养不住大鱼，胆小干不成大事。

胆大的做着，胆小的吓着。

有智者千方百计，无智者千难万难。

智者多思，愚者多嘴。

路直有人走，人直有人交。

宁为玉碎，不为瓦全。

树要直，人要实。

火要空心，人要实心。

人不贪财，鬼都害怕。

见钱不昧，见官无罪。

鱼吞钓饵，不知有钩；人贪钱财，不知有祸。

人为财死，鸟为食亡。

宁可人负我，不可我负人。

人有好心，天有好报。

雁过留声，人过留名。

只有千里名声，没有千里威风。

木受绳则直，人好学则明。

不吃饭饿，不读书愚。

家有钱财万贯，不如藏书万卷。

账要细算，书要细读。

好书不厌百回读。

锄头勤，出金银；笔头勤，出诗文。

一寸光阴一寸金，寸金难买寸光阴。

少壮不努力，老大徒伤悲。

树不为影自有影，人不为名自有名。

真人不露相，露相不真人。

人要好，大做小。

竖起耳朵听风，夹着尾巴做人。

别人夸，一朵花；自己夸，烂冬瓜。

人无远虑，必有近忧。

灯不亮，要人剔；心不明，要人提。

人有失误，马有漏蹄。

不骑马，不摔跤；不打水，不掉筲。

错一回，精一次。

社交谚

一个篱笆三个桩，一个好汉三个帮。

马恋群，人恋众。

虎怕成群，人怕成众。

众人拾柴火焰高。

钱多好过年，人多好种田。

狗多逞强，人多称王。

一人不敌二人计，三人出个好主意。

一块砖头砌不成墙，一根木头架不起梁。

一家不够，百家相凑。

在家靠父母，出外靠朋友。

多个门洞多阵风，多个朋友多条路。

宁与千人交，不与一人仇。

浇花浇根，交人交心。

心换心，贵如金。

宁交双脚跳，不交眯眯笑。

人情无大小。

多少是个礼，大小是个情。

吃人一口，报人一斗。

夜夜做贼不富，天天待客不穷。

什么人什么待，什么客什么菜。

出门观天色，进门观脸色。

客随主便。

客走主人安。

做事不依众，累死也无功。

与人方便，自己方便。

有事要胆大，无事要小心。

忍得一时气，免得百日忧。

人上一百，形形色色。

宁可不识金，不可不识人。

海水难挡，人心难测。

害人之心不可有，防人之心不可无。

富贵人抬着；低贱人踩着。

人抬人无价宝，人踩人路边草。

没有一世的朋友，没有一世的敌人。

人不贪心，狗不吃屎。

人不为己，天诛地灭。

公屋漏，共牛瘦。

话要实说，事要实干。

日日行，不怕千万里；天天做，不怕千万事。

抬头做人，埋头做事。

话不要说死，路不要走绝。

人怕咋呼，事怕悬乎。

上什么山，打什么柴；进什么庙，念什么经。

就汤下面，趁水和泥。

结果看树，办事看人。

用好一个人，带动一大帮。

疑人不用，用人不疑。

惜衣有衣穿，惜人有人用。

马好不在叫，人好不在貌。

马凭四条腿，人凭一张嘴。

一句话能说笑，一句话能说跳。

豆腐莫烧老，说话莫说早。

言多必失。

狐皮红的好，话儿真的好。

舌头底下压死人。

东西不可乱吃，闲话不可乱讲。

什么树开什么花，什么人说什么话。

时政谚

有国有家，无国无家。

国正天心顺，官清民自安。

家有家规，国有国法。

天无二日，国无二主。

家道兴，看子孙；国昌盛，看贤臣。

家败出逆子，国败出奸臣。

得民心者得天下，失民心者失天下。

天有九重，官有九等。

文官凭印，武官凭令。

官大、嘴大、理大。

官有十条路，九条人不知。

官大一品压死人。

树大招风，官大招险。

赃官有人捧，清官有人骂。

清官衙门瘦。

朝中有人好做官。

孬官好做，正事难做。

官不正民不服。

官逼民反，民不得不反。

穷不跟富斗，民不跟官斗。

斗官穷，斗鬼死。

做屋要打桩，治国要立法。

国有国法，民有私约。

人心似铁，官法如炉。

法字不重，万人难动。

恶人先告状，恶狗先咬人。

自古衙门八字开，有理没钱莫进来。

民不告官。

铁打营盘流水的兵。

养兵千日，用兵一时。

官不修衙，兵不安家。

好铁要打钉，好男要当兵。

铁怕打钉，人怕当兵。

多用兵不如巧用计。

知己知彼，百战百胜。

兵马未动，粮草先行。

皇帝不差饿兵。

兵败如山倒。

宁遭三次贼，不遭一次兵。

山有高低，人有贫富。

朱门酒肉臭，路有冻死骨。

富人四季穿衣，穷人衣穿四季。

财主门前孝子多，穷人门前讨债多。

穷在闹市无人问，富在深山有远亲。

财主的斗，老虎的口。

为富不仁，为仁不富。

穷有好时，富有倒时。

有钱的心狠，无钱的心齐。

饱暖生淫欲，饥寒起歹心。

冰炭不同炉，敌我不同路。

敌不可纵，恶不可容。

毒蛇身上没好肉，敌人肚里没好心。

磨子不推不转，敌人不斗不倒。

有钱能使鬼推磨。

手里有了权，到处都是钱。

钱大不如权大。

火到猪头烂，钱到公事办。

公章不如私交，私交不如钞票。

酒杯虽小淹死人，筷子不粗打断筋。

生活谚

日图三餐，夜图一宿。

衣食足，礼义兴。

打铁不惜炭，养儿不惜饭。

南吃大米北吃面，不南不北吃米面。

小锅里饭香，大锅里粥香。

细米白面上口，粗饭杂粮壮身。

米靠碾，面靠磨。

头锅饺子二锅面。

吃鱼要吃跳的，吃猪要吃叫的。

百菜不如白菜，百肉不如猪肉。

猪肉滚三滚，神仙站不稳。

千滚豆腐万滚鱼。

石头缝里土好，骨头缝里肉好。

宁吃天上四两，不吃地上一斤。

咸鱼就饭，锅底刮烂。

清明螺，赛过鹅；小暑鳝，赛人参。

千菜百菜，不如白菜。

南甜北咸，东辣西酸。

佛要金装，人要衣装。

饭有三餐不饿，衣有三件不破。

惜饭有饭吃，惜衣有衣穿。

男要俏，一身皂；女要俏，一身孝。

衣不大寸，鞋不大分。

一层布，挡阵风；十层布，过一冬。

立下样子好做鞋。

笑懒笑馋不笑苦，笑脏笑破不笑补。

游必择友，居必择乡。

宁可住街角，不在乡里磨。

有钱难买门朝南，冬天暖来夏天凉。

搬家三年穷，盖房十年难。

人是活宝，天下能跑。

住要好邻，行要好伴。

在家千日好，出外一时难。

宁绕十步远，不走一步险。

人到天边，路在嘴边。

鸟美在羽毛，人美在勤劳。

一家之计在于和，一生之计在于勤。

扁担是条龙，一生吃不穷。

力气是浮财，去了又回来。

人勤地生宝，人懒地生草。

男抓女抓，白手起家。

要想日子甜，家中无人闲。

人闲懒，地闲板，车闲散。

早起三天顶个工，早起三年顶一冬。

越闲越懒，越吃越馋。

男勤女又俭，大囤小囤满。

一天省一口，一年省一斗。

省米有饭吃，省布有衣穿。

紧紧手，年年有。

一分钱难倒英雄汉。

有钱说话硬，无钱话不灵。

有债处处重，无债身上轻。

好借好还，再借不难。

钱财是草，身体是宝。

人强人欺病，人弱病欺人。

手舞足蹈，九十不老。

饭后百步走，活到九十九。

笑一笑，十年少；愁一愁，白了头。

说说笑笑，通通七窍。

早睡早起身体好。

饿不洗澡，饱不行房。

鱼生火，肉生痰，青菜萝卜保平安。

大蒜是个宝，生吃要比熟吃好。

萝卜进了城，药店关了门。

吃到八分饱，胃口好到老。

凉头暖脚，不用吃药。

春捂秋冻，百病不碰。

要得小儿安，常带三分饥和寒。

树怕藤缠，人怕病磨。

有财万事足，无病一身轻。

病来如墙倒，病去如抽丝。

百人生百病。

病人不忌口，枉费医生手。

偏方治大病。

郎中要老，木匠要小。

百治不如一防。

是祸从口出，是病从口入。

吃了省钱瓜，害了绞肠痧。

宁吃鲜桃一口，不吃烂杏一篓。

人走运气船走风。

时到花就开，运到福就来。

要想长寿，断烟少酒。

酒后吐真言。

酒能成事，酒能败事。

酒是穿肠毒药，色是刮骨钢刀。

赌博败家，嫖娼败身。

男大当婚，女大当嫁。

秧大自成行，女大自招郎。

有缘千里来相会，无缘当面不相逢。

会嫁的嫁人头，不会嫁的嫁门头。

男怕入错行，女怕嫁错郎。

宁可男大十，不可女大一。

天上无云不下雨，地上无媒不成婚。

拉扯不成买卖，将就不成夫妻。

女大不可留，留久结冤仇。

嫁出门的女，泼出门的水。

富寡妇，穷鳏夫。

好马不吃回头草，好女不嫁二夫君。

宁拆十座庙，不毁一门婚。

亲不过父母，近不过夫妻。

有其父必有其子。

狗不嫌主穷，儿不嫌母丑。

宁死做官的老子，不愿死讨饭的娘。

六月的日头，后娘的拳头。

千古一个理，哥哥让弟弟。

长兄如父，长嫂如母。

亲兄弟，明算账。

兄弟好处，妯娌难搁。

男子无妻财无主，女子无夫身落空。

大风刮跑席篓子，要亲还是两口子。

穿破才是衣，到老才是妻。

少是夫妻，老来是伴。

好狗不咬鸡，好汉不打妻。

贫贱之交不可移，糟糠之妻不下堂。

酒肉朋友，柴米夫妻。

爹娘爱长子，公婆爱长孙。

会疼的疼媳妇，不会疼的疼闺女。

儿子疼小的，媳妇疼巧的。

会做媳妇两头瞒，不会做媳妇两头盘。

久病床前无孝子。

树看三年，人看一生。

人无千日好，花无百日红。

十月怀胎，一朝分娩。

三翻六坐八爬踏，过了十月叫大大。

一岁金，两岁银，三岁四岁烦死人。

小孩嘴里讨实话。

马看蹄，人看细。

从小看大，三岁知老。

男人三十一枝花，女人三十老冬瓜。

七十不留宿，八十不留餐。

男人心软必讨饭，女人心软必养汉。

老要学呆，少要学乖。

老不看三国，少不读水浒。

老怕伤子，少怕伤妻。

菜老筋多，人老心多。

马老识途，人老识理。

老牛肉有嚼头，老人言有听头。

好汉怕病磨，好女怕崽拖。

好子不在多，一个顶十个。

盐多了菜苦，儿多了母苦。

前三十年看夫妻，后三十年看儿女。

父望子成龙，娘望女成凤。

树杈不砍要长歪，子女不教难成材。

家庭和睦，人财两旺。

斗气不养家，养家不斗气。

不怕家底薄，只怕家不和。

家庭不和，百业不兴。

门前有马不是富，家中有人不算穷。

家兴人勤快，家败出精怪。

会当家的当年头，不会当家当年尾。

不理家务事，怎知理家难。

井要淘，儿要教。

火从小时救，人从小时教。

补洞趁天晴，教子趁年轻。

娘生有娘管，父生有父教。

炕架下教子，枕头上教妻。

百年亲，千年族。

一门亲眷，百年来往。

家有家法，族有族规。

只有三百年的家门，没有三百年的嫡亲。

姑表亲，亲上亲，断了骨头还连心。

邻家好，无价宝。

远亲不如近邻，隔壁赶不上对门。

八百置舍，千金买邻。

邻居是杆秤，好坏称分明。

风土谚

美不美，家乡水；亲不亲，故乡人。

亲不亲，故乡音。

不做异乡客，不知故乡亲。

天下名山僧占多。

五岳归来不看山，黄山归来不看岳。

金五台，银普陀，铜峨眉，铁九华。

安庆城的官大，九华山的锅大。

徽州三绝：牌坊、祠堂、古宅。

生在扬州，玩在杭州，死在徽州。

黄山三宝：石鸡、石蜜、石耳。

亳州神医地，草药百样生。

萧县葡萄砀山梨，吃到嘴里不吐皮。

徽州鞭炮，龙游纸马。

福州佛跳墙，徽州鱼咬羊。

十里不同风，百里不同俗。

入乡随俗。

年不乱拜，揖不乱作。

正月灯下地，二月灯收回。

二月二，龙抬头，村村庄庄供猪头。

立夏立夏，家家乌饭。

三月清明把坟上，五月端阳划龙舟。

清明扫墓，冬至祭祖。

吃了重阳糕，日子步步高。

吃了腊八饭，就把来年盼。

红事鱼肉席，白事豆腐饭。

城里有城隍庙，乡里有土地庙。

正月忌头，腊月忌尾。

月头不打灶，月尾不搬家。

念经书要有始终。（藏族）

毕摩不宜嬉戏，土司不宜找钱。（彝族）

自然谚

罗盘不离子午，太阳不离东西。

日月星辰天上行，春夏秋冬四季分。

日出日落见时序，昼夜长短看季节。

日蚀初一，月蚀十五。

南斗七星高，北斗七星低，南斗七星弱，北斗七星强。

五月六月天河南北，九月十月天河东西。

天河南北，敞门睡得；天河东西，穿得冬衣。

春甲子雨，赤地千里。

夏甲子雨，撑船入市。

秋甲子雨，禾生两耳。

冬甲子雨，牛羊冻死。

春己卯风树头空。

夏己卯风禾头空。

秋己卯风禾里空。

冬己卯风袖里空。

春耕夏种，秋收冬藏。

春来一日，水暖三分。

春天孩儿面，一日三变脸。

春雨贵如油。

春雾霜，夏雾雷，秋雾雨，冬雾雪。

夏走十里不黑，冬走十里不明。

秋后三场雨，遍地是黄金。

冬前冬后，冻破石头。

正月初一五色天，当年定是丰收年。

正月十五不见星，沥沥拉拉到清明。

正月不冻二月冻，大麦胀破瓮。

二月雨不歇，三月见干田，四月田开裂。

二月莫把棉衣脱，三月才把单衫着。

三月三，燕飞来。

四月乡村无闲人，男女老少上田埂。

五月农忙，顾不得看娘。

五月种田，上午下午差一拳。

五月不借锄，六月不借扇。

六月天，疯婆脸。

六月盖棉被，有谷没有米。

七月雷声响，八月没水淌。

八月秋风起，十月小阳春。

今年中秋云遮月，明年元宵雪打灯。

吃了重阳糕，夏衣打成包。

十月有个小阳春，农家地里忙不停。

十一月晴，讨饭婆子喊太平。

腊七腊八，冻死蚂蚱。

三十初一都下雪，来年家家吃白面。

除夕星斗少，来年袍子改成袄。

年有二十四节气，月有一节和一气。

庄稼不用问，随着节令种。

打鱼人看潮汛，庄稼人看节令。

立春天气暖，犁耙往外搬。

立春三场雨，遍地都是米。

惊蛰十日地门开。

惊蛰快耙地，春分犁不闲。

惊蛰不耙地，好比蒸馍跑了气。

惊蛰有雨打响雷，场里麦子堆成堆。

春不分不暖，夏不至不热。

春分暖气来，种子土里埋。

春分有雨病人稀。

过了清明节，庄稼佬儿不能歇。

清明挑花水，立夏沟开裂。

谷雨不下，五谷不生。

谷雨下霜，必有饥荒。

立夏立夏，站着说话。

立夏要下，小满要满。

小满不满，干断田坎。

小满天赶天，芒种时赶时。

芒种到，夏种闹。

夏至闻雷三伏干。

吃了夏至面，一天短一线。

六月小暑接大暑，红日如火锄草苦。

小暑不见日头，大暑晒干石头。

早上立了秋，晚上凉飕飕。

立秋一日，水冷三分。

处暑的雨，谷仓的米。

白露秋风凉，一夜冷一夜。

秋分无雨一冬晴。

寒露不算冷，霜降变了天。

寒露到立冬，翻土冻死虫。

过了寒露，秋粮入库。

霜降降霜，移花进房。

立冬晴，一冬晴；立冬雨，一冬雨。

小雪农家忙，积肥又修坝。

小雪不见雪，大雪满天飞。

进伏雨，出伏晴；入伏干，出伏雨。

头伏有雨，伏伏有雨。

头伏无雨二伏休，三伏无雨要到秋。

一年四季东风雨，只有伏天东风晴。

三伏的日头立夏的风。

秋里伏，热得哭。

三九不冷看六九，六九不冷倒春寒。

一九二九不出手，三九四九冰上走，

五九六九河边看柳，

七九六十三，路上行人把衣担，

八九七十二，猫狗寻阴地；

九九八十一，家里送饭田里吃。

日月上升，有晕则晴；日月下降，
有晕则雨。

日晕而雨，月晕而风。

日出生耳，云起雨临，日落生耳，
赤地千里。

太阳打伞，有雨在喊。

日头出得早，天气不牢靠。

日出东南红，无雨便有风。

黑云接了驾，明朝把雨下。

月亮打伞，雨不过三。

月亮长毛，大雨瓢浇。

星子稀，好晒衣；星子密，戴斗笠。

星星稠，雨水流。

黑猪过河，大雨滂沱。

有雨天边亮，无雨天顶光。

黑一黑，落一尺；亮一亮，落一丈。

早看西北阴，无雨；晚看西北阴，
雨淋。

风是雨的头，风来雨不愁。

雨前刮风雨不久，雨后刮风雨不停。

一日狂风三日晒，三日狂风九日晴。

大风不过午，过午就打鼓。

开门风，闭门雨。

关门风，开门住，开门不住刮倒树。

东风阴，西风晴，南风热，北风冷。

一日东风三日雨，三日东风无米煮。

南风刮到底，北风来还礼。

西南风，雨无踪；西北风，雹子精。

北风叫，雨雪到。

雨落早，不湿草。

早雨一天晴，晚雨到天明。

观天云，知阴晴。

馒头云，晒死人。

疙瘩云，雹临门。

炮台云，雨淋淋。

云像磨，水成河。

有雨山戴帽，无雨山没腰。

早上浮云游，河边晒煞柳。

红云上天顶，蓑衣不离颈。

黄云黑云对着跑，一场冰雹小不了。

黑云片片生，无雨必有风。

乌云遮东，有雨不凶。

乌云在南，河水水翻潭。

早晨满天雾，尽管晒衣服。

早雾不收，细雨长流。

久旱露水干，久雨露水多。

霜打坑洼雨打梁。

霜打平地，雪落高山。

霜打一大片，雹打一条线。

霜重见晴天。

霜后东风一日晴。霜后南风下大雪。

霜后暖，雪后寒。瑞雪兆丰年。

地不和生菌，天不和打雷。

雷响天顶，有雨不猛；雷轰天边，
风雨满天。

雷响云上，大路滚浆；雷打云下，
大路跑马。

雷声像拉磨，狂风加冰雹。

响雷雨不长，闷雷雨量大。

雷轰轰，一场空。

响雷不扯闪，有雨不用赶。

闪电无光，雨大风狂。

立闪雨，横闪电。

东闪西闪，细雨点点。

低虹晴，高虹雨。

虹高日头低，明朝披蓑衣。

长虹无大雨，短虹雨发颠。

东虹日头西虹雨，南虹北虹晒到底。

雨前虹，落不停；雨后虹，天转晴。

红霞白霞，无水煎茶。

早上出霞，等水烧茶；晚上出霞，
烧死蛤蟆。

早上见霞，晚上沤麻。

早霞不过昼，过昼晒破头。

早霞不出门，晚霞行千里。

水荒头，旱荒尾。

水荒一条线，旱荒一大片。

春旱不算旱，秋旱旱一半。

夏旱一半，秋旱精光。

旱天多云也不下，涝天少云也难晴。

久旱西风不雨，久雨东风不晴。

人发闷，腰发酸，不下雨，就阴天。

老伤作痛天要变。

十次关节酸，九次阴雨来。

牛叫雨，猪癫风。

驴不喝水天要阴。

羊抢草，大雨到。

猪欢风，狗欢阴，猫儿欢来天气晴。

狗吐舌，天闷热。

鸡早宿必晴，鸡晚宿必阴。

公鸡打架晒破头，母鸡斗架淹死牛。

布谷叫得早，糠多粮食少。

大雁急雨飞，风霜后面追。

春节麻雀叫喳喳，今年定收好棉花。

鱼沉水底，天晴主热。

龟背潮，下雨兆。

螃蟹爬上岸，大水到处漫。

蚯蚓唱歌，有雨不多。

蜂箱不叫，风雨就到。

雨中知了叫，预报晴天到。

蜻蜓绕屋檐，有雨在眼前。

蜘蛛雨里忙补网，明天晒被洗衣裳。

蚂蚁成群爬上墙，雨水淋湿大屋梁。

蚊子滚成团，大雨在眼前。

石壁出水，定有大雨。

老墙返潮，大雨就到。

烟窗不出烟，一定是阴天。

锅底出汗，天气要变。

菜罐子生卤，必有大雨。

咸肉滴卤，不雨也阴。

鸡闹猪跑羊跳狗叫，地震要到。

猪在圈里叫，鸡叫狗也叫，牲口不
进棚，老鼠先跑掉，地震快来到。

井水上涨有征兆，小心地震快来到。

小震闹，大震到。

房子东西摆，地震南北来；房子南
北摆，地震东西来。

农业谚

百业农为本，民以食为天。

百事农为先，百物粮为重。

穿靠棉，吃靠田。

千计百计，不如种地。

笑脸求人，不如黑脸求土。

七十二行，种田为王。

没有泥腿子，饿死油嘴子。

生意不如手艺，手艺不如种地。

生意钱，过路钱；锄头钱，万万年。

不怕荒年，就怕荒田。

水是庄稼命。

水是地的娘，无娘命不长。

多收少收在于肥，有收无收在于水。

有水无肥一半谷，有肥无水望天哭。

近水全收，远水半收，无水难收。

修堤筑坝，旱涝不怕。

人靠饭养，地靠粪养。

人无饭无力，苗无肥不长。

种田不用问，全凭工和粪。

庄稼一枝花，全靠肥当家。

肥力足，地力出。

做官凭印，种地凭粪。

金筐银筐，不如粪筐。

牛粪冷，马粪热，羊粪能得二年力。

吃饭要按顿，施肥要在时。

土能生万物。

人不哄地皮，地不哄肚皮。

不下百籽，不打百担。

一粒下地，万粒归仓。

三年不选种，种田要落空。

好种出好苗，好葫芦结好瓢。

种子要好，三年一倒。

宁可断粮，不可断种。

种地没巧，三年两倒。

茬口勤倒换，瘦田变肥田。

轮种轮作，满仓满囤。

密植有个谱，多收一石五。

书要苦读，田要深耕。

田要耕得深，瘦土出黄金。

地要三耕：早耕、深耕、细耕。

深犁深耙，害虫无家。

春耕深，秋耕浅，旱涝都保险。

冬耕耕得深，庄稼肯生根。

锄板响，庄稼长。

锄头底下有三宝，有水有肥去杂草。

春锄金，夏锄银，秋天锄草等于零。

人怕肺痨病，禾怕钻心虫。

割在地里不要笑，收到仓里才牢靠。

割到地里不算，拉到场里一半。

麦熟一晌，谷熟一秋。

八成熟，十成收；十成熟，二成丢。

清明撒稻子，不要问老子。

稻要好，秧要早。

家要好娘，田要好秧。

深水栽，浅水活。

麦稠一把草，谷稠一把糠。

冬麦深，春麦浅。

麦种深，谷种浅，豌豆蚕豆半个脸。

麦见黄土豆见天，芝麻油菜盖半边。

浅种年年收，深种碰年头。

早麦稀，晚麦密。

人盖被，麦盖粪。

麦子不倒茬，十年九年瞎。

芝麻茬种麦子，油汤里泡饺子。

若要玉米大，不可叶打架。

玉米抽花前，水肥送上田。

玉米去了头，力气大如牛。

谷锄寸，豆锄荚，高粱玉米锄喇叭。

红芋地要松，甘蔗地要紧。

种豆不让晌，让晌不一样。

豆地年年调，豆子年年好。

油菜是个鬼，边锄边施肥。

好土种棉花，孬土点芝麻。

花生压秧多产果。

锄头响，花生痒。

棉花性属火，两合土最好。

要想多收花，深耕勤倒茬。

天天园中走，瓜菜样样有。

家有一处园，能顶二亩田。

穷人菜园半年粮。

人靠吃饭，菜靠喝水。

种菜不用问，勤浇多上粪。

一年富，拾粪土；常年富，栽果树。

一棵果树三分田，百株果树十亩园。

种竹养鱼十倍利，栽桑养蚕当年益。

栽桑养蚕，强似种田。

养蚕不栽桑，年年打饥荒。

一亩桑园，十亩庄田。

蜜蜂一窝，蜂王一个。

若要田增产，山山撑绿伞。

山上披绿装，粮食堆满仓。

一年之计莫如种谷，十年之计莫如
种树。

家有千棵树，终究有一富。

前人栽树，后人乘凉。

家中富不富，先看宅边树。

田荒穷一年，山荒苦一世。

人靠心，树靠根。

三分造林七分管。

种茶三年见利钱。

水生百样宝，只怕人不找。

养鱼不费难，当年就赚钱。

喂猪不如喂羊，喂羊不如养塘。

捉不尽的鱼，逮不尽的虾。

早钓鱼，晚钓虾，半中午上钓蛤蟆。

家禽家畜，一年收益。

家中有三母，年年不受苦。

七十二行，不如养猪放羊。

家有千头牛，胜过万户侯。

羊圈摇钱树，猪圈聚宝盆。

牛是农家宝，种田少不了。

养牛没有巧，水足草料饱。

清明草，羊吃饱；谷雨草，牛吃饱。

冬牛不瘦，春耕不愁。

蚕无夜桑不饱，马无夜草不肥。

寸草铡三刀，孬料也长膘。

马怕满天星，牛怕肚底冰。

农家不养猪，好比秀才不读书。

猪无食，难出肉；田无肥，难出谷。

家喂十只兔，日子穷变富。

多养鸡鹅鸭，肥料有办法。

家养十只鸡，身上不缺衣。

工商谚

七十二行，行行出状元。

做酒熬糖，各搞一行。

行行有门道，门门有诀窍。

行行有利，行行有弊。

老来学木匠，学死不像样。

当官的瓦匠，搬家的木匠，讨饭的漆匠。

木匠来，不砍柴。

长木匠，短铁匠，石匠九尺算一丈。

木匠怕漆匠，漆匠怕天亮。

裁缝无扣子，木匠无板凳。

一把剪刀一把尺，走尽天下都有吃。

三分的裁剪七分的做。

裁缝不偷，五谷不收。

好男怕进窑厂，好驴怕进磨坊。

编席打篓，养活两口。

荒年饿不死手艺人。

熟能生巧，巧能藏拙。

头遍生，二遍熟，活干三遍当师傅。

师傅领进门，修行在个人。

教会徒弟，饿死师傅。

要得富，先修路。

打出刀来看钢火，炼出金来看成色。

无商不富。

穷在山头，富在码头。

紧手的庄稼，消闲的买卖。

肥田不如瘦店。

人无信不立，店无信难存。

诚招天下客，义聚四海人。

多一个客户，多一条财路。

捆绑不成夫妻，强迫不成买卖。

无商不奸，无奸不商。

百里不贩樵，千里不贩米。

卖瓜的说瓜甜，卖盐的说盐咸。

人情送匹马，买卖争分毫。

大买卖怕蚀，小生意怕赊。

好货不怕比。

货卖给识家。

好货不便宜，便宜无好货。

宁买迎头涨，不买迎头跌。

宁买贵，不买贱；宁买少，不买多。

漫天要价，就地还钱。

文教谚

先做学生，后做先生。

只有状元学生，没有状元先生。

教学生一碗，先生要有一桶。

侗家搜集好话去编歌，客家搜集好话去编书。（贵州）

石磨出豆浆，琢磨出文章。

画人难画手，画树难画柳。

画兽难画狗，画马难画走。

三分画，七分裱。

写字不怕丑，只要笔笔有。

字是黑狗，越描越丑。

戏有戏法，真假相杂。

唱不完的三国，演不尽的水浒。

唐有诗，宋有词，元明杂剧清传奇。

舞台虽小，贯通古今。

舞台小天地，天地大舞台。

会看戏的看门道，不会看戏看热闹。

只有小演员，没有小角色。

文戏功夫在嘴上，武戏功夫在腿上。

说书人的嘴功，唱戏人的做功。

不像不成戏，太像不成艺，悟得其中理，是戏又是艺。

台上一分钟，台下十年功。

金嗓子，银嗓子，不练没有好嗓子。

唱什么戏，打什么鼓；拉什么曲子，跳什么舞。

打鼓要打在点上，拉琴要拉在弦上。

下棋不语，落子无回。

当局者迷，旁观者清。

观棋不语真君子，举手无悔大丈夫。

练拳千遍，其力自见。

谜语篇

谜语源自中国古代的民间，是集体智慧创造，历经了数千年的演变、发展而成的独特民间文艺形式，也是中国古代民间传统教育方式和益智游戏之一。

第一章
什么是谜语

SHENME SHI MIYU

第一节 谜语的名称和定义

谜语一般指暗射事物或文字等供人们猜射的隐语，其中包括了民间谜语、文义谜和凡有暗含寓意的隐语。由于谜语产生很早，又以民间口头创作为主，所以对其产生的年代和名称来源，自古就有诸多阐述。

谜语的定名是在它产生了很久之后，并经历了一个不断变化的过程。如前人所说："谜字不见经传，不知始于何时。"（张起南《橐园春灯话》）"古无谜字，若其意制，即伍举、东方朔谓之隐者是也。"（程大昌《演繁露》）

据考证，人们最早将具有类似谜语的语言现象称作"隐语"、"廋辞"、"廋语"。隐，即藏匿、不显露之义；廋，与隐同义。隐语"遁辞以隐意，谲譬以指事"（《文心雕龙》），就是有话不直说，借用别的词语代替。有人认为凡是相似的表达方式都可以归作隐语。隐语起源很早，在文字出现之前，一些原始人绘制的图画就暗含隐语。古籍中关于隐语的记载很多，如《史记·淳于髡传》说："齐威王之时喜隐。"《汉书·东方朔传》说："舍人不服，因曰：'臣愿复问朔隐语，不知，亦当榜。'"

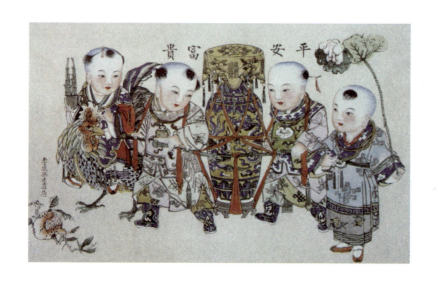

《国语》说："秦客为廋辞于晋之朝，范文子知其三。"《文心雕龙·谐隐》说："隐语之用，被于纪传。"隐语在当时有隐而不言的功能，以及测智、进谏和游戏的作用，《韩非子·喻老》记载："楚庄王莅政三年，无令发，无政为也。右司马御座而与王隐"，说的是大臣向皇上进谏的事情。《新五代史·李业传》说："帝方与业及聂文进、后赞、郭允明等狎昵，多为廋语相诮戏，放纸鸢于宫中"，反映了当时官员们在宫中以廋语调笑取乐的情形。

古人根据隐语与谜语的形似之处认为"隐语转而为谜"。南朝梁顾野王的《玉篇》说"谜"字为"隐也"；南宋周密的《齐东野语》说："古之所谓

廋辞，即今之隐语，而俗所谓谜"，都将谜语与隐语联系在一起。但谜语同隐语、廋辞比较，有不同之处，《文心雕龙·谐隐》说"谜也者，回互其辞，使昏迷也。或体目文字，或图像品物，纤巧以弄思，浅察以炫辞，义欲婉而正，辞欲隐而显"，道出了谜语隐蔽委婉巧妙表达意思的特征。以后人们逐渐将具备了这些特征的作品定名为"谜语"。刘勰认为："自魏代以来，颇非俳优，而君子嘲隐，化为谜语。"（《文心雕龙·谐隐》）

现当代谜语的研究者们也对谜语作了各种概述。如：

谜语是通过隐喻和暗示的手法对事物的特征进行概括、描写，让人猜测

的艺术作品，是人民智慧的产物，也是用来测验和培养智慧的艺术工具。（钟敬文《民间文学概论》，上海文艺出版社1980年7月）

谜语是民间文学的一个门类。是供人猜射的一种含蓄的短谣。（段宝林、祁连休《民间文学词典》，河北教育出版社1988年9月）

谜语是暗射事物或文字等供人猜测的隐语。（《现代汉语词典》）

在大多数情况下，谜语是以隐喻的方式构成的，也就是根据特征的类似把某一种东西（被隐而不言的，当作谜语出的那种东西）移到另外一种东西（在谜语里被举出的那种东西）身上去。（苏联开也夫《俄罗斯人民口头创作》，连树声译）

谜语是对某种事物或现象所作的简短的寓意的描写，通常采取提问的形式。谜语最早是隐喻和寓意的（例如："田野无量，绵羊无数，牧人长角"——天空、星星、月亮；"四十件衣，全无扣子"——卷心菜）。诙谐谜语这种体裁，按时间讲，出现较晚，它强调了传统谜语中所容许寓意形象的某些自由性。（《苏联大百科全书》"谜语"条）

谜语在流传的过程中还被冠以不同的名称，如：

商谜：《东京梦华录》："杂技有刘百禽弄虫蛾；霍百丑商谜；张山人说浑话，皆当时一种游戏之事。"

商灯：《帝京景物略》："灯市，有以诗影物，幌于寺观之壁，名之曰商灯。"

猜灯：《委巷丛谈》："杭人元夕，多以此为猜灯，任人商略，谓之'猜灯'。"

灯虎：《两般秋雨盦随笔》："今人以隐语粘于灯上，曰：'灯谜'，亦曰'灯虎'。"（灯糊、灯符）《春灯话》："相传有《灯虎千文》。"

春灯：唐薇卿《谜拾》："古名'商灯'，又曰'春灯'，或呼为'灯虎'；'虎'字必有所本。"

文虎：蔡东藩《留青》曰："谓之虎者，喻其不易中也。"

诗虎：《留青别集》："其以诗文为谜语者，谓之'诗虎'。"

字谜：《仇池笔记》："鲍明远有《字谜》三首。"

哑谜：《西厢记》有"哑谜儿早已人猜破"。

民间则将谜语活动称作"破闷、打闷、打灯虎、猜灯虎"等。

谜语由谜面、谜目和谜底三部分组成。如，"一个坛子两个口，里头坐着红小鬼，打生活用品一，灯笼"。前面两句是谜面，"打生活用品一"是谜目，"灯笼"是谜底。

1. 谜面是谜语的组成部分之一，作用是提出问题。谜面主要是隐射事物形象、性质、功能、特征等的说明性文字，它追求巧妙地隐藏，有意制造玄机，以增加猜射难度和趣味性的效果。谜面多由诗词、警句、短语、字词，以及图画、数学公式、外文字母等组成。谜面文字要求通俗简洁，真实严谨，生动形象。如，"斗，打花名一，百合"、"皎皎青天，一轮明月，两个对谈，一个不语，打生活用品一，镜子"、"明是水少，却说水多，打字一，泛"。

谜面有用语言说出来的，也有用文字写出来的。一般来讲，民间谜语（事物迷）以口头表达的多，文义谜（灯谜）主要用文字表达。

例如"大姐树上叫，二姐吓一跳，三姐拿砍刀，四姐点灯照，打昆虫四，蝉、蚂蚱、螳螂、萤火虫"。这类民间谜语很口语化，适合用语言表达出来供人猜射。

文义谜，主要是以汉字形、音、义的变化设置谜面和谜底，语言难以准确表现这种变化，因此以文字书写出来，凭直观印象有助猜射，例如："三市尺不是米，打字一，来"，三尺是"一米"二者合成"来"。再如："凤头虎尾，打字一，几"，凤字"头"和虎字"尾"

都是"几"字。

还有一些文义谜的谜面是图案、符号、数字、字母等形式，如，"door（英语'门'），打鲁迅作品一，门外文谈"、"1+（−9），打字一，贫"，谜面是以计算结果"负八"合成"贫"。这类谜语更难以语言表现，只能采用文字形式。

2. 谜目，说明并规定谜底涉及事物的范围，同时，给猜谜者提示猜测方向的部分。谜目在谜面和谜底之间，有联系二者的作用。谜目常用"猜字一"、"打物一"、"破人名一"等表述。如，"一口否定，打字一，不"。谜目的设置要恰如其分，过宽猜射困难，过窄猜起来太容易，都会影响谜语表现的效果。

一般情况下，谜目将谜底限制在一个之内，但有时也会出现两个以上的谜底。例如："客满，打字二，促、侈"，"客满"可以表示人足够了，即"人足"合成"促"，也可以表示"人多"合成"侈"。再如，"一尖尖，二滑滑，三没皮，四没核，打果蔬四，橄榄、柿子、杨梅、荸荠"。

3. 谜底是谜面提问的答案，谜语实际所指的事物。谜底的设置既要符合

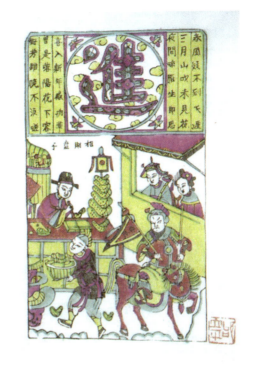

谜面所含的意思，又要在谜目规定的范围之内，才能使谜面和谜底扣合。好的谜语一般只有一个谜底。谜底一般是字词、成语和各种事物的名称。谜底的字数不宜过多，否则会给制作和猜射增加难度。谜底也是谜语分类的依据之一。

有些谜语的谜底和谜面可以互换，之后仍然是完整有趣的谜，如，"泵，打成语一，水落石出"，"水"在下"石"在上，合成"泵"字；将"水落石出"换做谜面，仍然可以与谜底"泵"字扣合。

除此之外，有些文义谜，主要是

灯谜使用"谜格",如,"孔子(卷帘格),打古人名一,范成大"、"完璧归赵(白首格),打古人名一,宋玉"。这种特殊形式对制谜和猜谜者起到规范和辅助作用。

第三节　谜语的性质

谜语的教育功能。在民间,用谜语向儿童传授知识和进行启蒙教育是普遍的现象。正如朱自清先生所说:"谜语之佳,⋯⋯皆体物入微,情思乞巧。幼儿知识初启,索隐推寻,足以开发其心思,且所述皆习见事物,象形疏状,深切著明,在幼稚时代,不啻一部天物志疏,言其效益,殆可比于近世所提倡之自然研究欤。"(《中国歌谣》)很多人是通过猜谜,开始了对外界的认识和学到了最初的知识,即使是成年人,也可以从谜语中得到教益。事实证明,这种生动活泼地传授知识的方法,是最容易被儿童和识字不多之人所接受的学习方式之一。例如:"元明前后,打水浒人物一,宋清",可以学到历史知识;"争分夺秒,打物理名词一,角速度",可以了解物理知识;"太白楼题词,打唐诗句一,惟有饮者留其名",谜底出自李白的《将进酒》;"寒梅著花未,打红楼梦人物一,探春",学到文学知识。谜语中更多反映的是生活知识,如,"哪里来了一群鹅,扑通扑通跳下河,打食物一,饺子"、"不怕水,不怕火,家家厨房有一个,打生活用品一,锅"、"身笨力气大,干活常戴枷,春耕和秋种,不能缺少它,打家畜一,牛"。在猜谜的愉悦氛围中学到各种知识,是谜语的独特功能。

谜语的娱乐功能。谜语从其产生以来,一直以丰富的内容和独特的形式,在人们的日常生活中发挥着娱乐功能,即"商谜者:一人为隐语,一人猜之,以为笑乐"(《东京梦华录》)。谜语娱乐功能最突出的表现,就是在正月十五元宵灯会和八月十五中秋节活动中,人们争相观灯猜谜的场面,为节日增添不少热闹气氛。《西湖游览志余·卷二十》说:"正月十五为上元节,前后张灯五夜,⋯⋯好事者,或为藏头诗,任人商揣,谓之猜灯",灯谜既是灯会的产物,也为灯会增加许多乐趣,二者相互作用,相得益彰,共同发展。观灯猜谜自宋代起,直到如今,每当节日仍可以见到人们聚集灯会踊跃猜谜的场景。节日之外的很多场合,人们也经常聚会猜谜，如《红楼梦》第二十二回"听曲文宝玉悟禅机，制灯谜贾政悲谶语"中，详细描述贾府猜谜的热烈场面时，也带出了很多谜语，如，元春的"能使妖魔胆尽催，身如束帛气如雷，一声震得人方恐，回首相看已化灰，爆竹"；贾母的"猴子身轻站树梢（白头格），荔枝（谐音立枝）"；迎春的"天运人功理不穷，有功无运也难逢。因何镇日纷纷乱，只为阴阳数不同，算盘"等，猜谜使生活在大观园复杂环境中的人们能得到些许的愉悦和放松。

谜语故事也是民众休闲娱乐的长项，如《徒弟巧破师傅谜》的故事：从前有个巧木匠，村里很多年轻人都想同他学手艺。但他不轻易收徒。有个小伙子很聪明，一心要学手艺。于是，带着礼品来拜师。巧木匠要试试他够不够聪明，说："要拜师，得猜出我的谜。"小伙子说："好。"巧木匠说："木弓铁做弦，拉弓不射箭，沙沙连声响，雪花飘眼前，打工具一。"小伙子笑了，说："我也出个谜，向师傅请教，'满身都是牙，遇事两头拉，谁也谈不拢，总是闹分家'。"师傅明白小伙子已经知道结果，很满意，收了这个徒弟。故事谜底是"锯子"。再如《苏小妹三难

新郎》的故事：新婚之夜，苏小妹别出心裁，题诗三首，言明秦少游答对了可以进房，否则罚在外厢读书三个月。第一首："铜铁投洪冶，蝼蚁上粉墙；阴阳无二义，天地我中央。"少游想道，他曾假扮化缘道人去看苏小姐，于是也题诗一首："化工何意把春催？缘到名园花自开，道是东风原有主，人人不敢上花台"，四句头藏"化缘道人"，过了第一关。第二首是"胜祖承祚定家邦，凿壁偷光夜读书，缝线路中常忆母，老翁终日倚门间"。少游略加思索，便知其义，猜出这几句说的是孙权、孔明、子思和太公望（姜子牙），过了第二关。第三关是对联，小妹的上联是"闭门推出窗前月"，少游苦思不得其解，此时苏东坡在暗处相助，投石子入鱼缸，溅起水纹将水中月亮的影子击碎，少游有感，对曰"投石击破水底天"。秦少游过了关，入洞房和苏小妹共度良宵了。这些谜语故事常伴随着人们的休闲娱乐时光。

古籍中也有谜语当作消遣的记载，汉代东方朔就常以猜谜取悦于汉武帝，一次，汉武帝命人将壁虎扣在盂下，让众人猜是何物。郭舍人没猜中。东方朔说："臣以为龙，又无角；谓之为蛇，

又无足；趺趺脉脉，善缘壁，是非守宫即蜥蜴。"武帝说："太好啦！赏东方朔帛十匹！"继续让东方朔接着猜谜，又多有赏赐。

谜语的交流功能。我国历史上有不少在政治活动和外交场合，用隐语这一特殊方式进行纳谏或交流的故事。例如《左传·哀公十三年》载："吴申叔仪乞粮于公孙有山氏曰：'佩玉蘂兮，余无所系之；旨酒一盛兮，余与褐之父睨之。'对曰：'梁则无矣，麤则有之，若登首山，以呼曰，庚癸乎，则诺'"，说的是吴国大夫申叔仪用隐语向鲁国大夫公孙有山借粮的事情。《烈女传·楚处庄侄》载：庄侄"欲言隐事于王，恐壅阏蔽塞而不得见，闻大王出游五百里，因以帜见……大鱼失水，有龙无尾，墙欲内崩而王不视……大鱼失水者，王离国五百里也，乐之于前不思祸之起于后也。有龙无尾者，年既四十无太子也，国无弼辅，必且殆也。墙欲内崩而王不视者，祸乱已成而王不改也"。说的是楚国少女庄侄在楚王出游的路上，用隐语"有龙无尾"向他谏言的故事。

谜语的文学功能。谜语虽然是以民间口头创作开始，但是它独特的形式、功能和流传方式，也受到文人的喜爱，他们在创作谜语的过程中，经过反复锤炼，使原来用散文表现的隐语，变成了用韵文表现的谜语，赋比兴创作手法的使用，让谜语在形式上更规整，音韵上更优美，更富于艺术性和欣赏价值，成为内容和艺术完美结合的文学作品，在人们文化生活中发挥了应有的作用。谜语作为文学作品欣赏时，如，明代于谦的诗"千锤万凿出深山，烈火焚烧若等闲；碎粉骨身浑不怕，要留清白在人间"，以石灰表达了自己奋不顾身的精神。再如，民间的"篙子"谜，"想当年，绿羽婆娑，自归郎手，青少黄多。受尽了多少折磨，历尽了多少风波，脚小步难行，一步一拖。莫提起，犹小可；提起了，珠泪洒江河"，以竹篙的形状，隐射了旧社会劳动妇女的艰难和宣泄了压抑的情绪。

谜语还是各种文学创作常用的题材，如在浙江流传的民间故事《九斤姑娘》："一个箍桶匠的女儿叫九斤，长相好，人又聪明，当地一个财主看中了她，想娶过来作儿媳妇。他把箍桶匠叫到家里，要他箍十样桶，箍不出要将女儿嫁过来。十样桶是：'天亮要箍天亮桶，晏昼要箍午时桶，日落西山黄昏桶，半夜三更要紧桶。要箍有盖无底桶，要箍有底无盖桶，两只耳朵翘耸耸。还要箍，一对恩恩爱爱夫妻桶，还要箍一只外国金丝桶：一道城墙不通风，无盖无底两头空，城里屋宇齐又整，家家户户开窗孔。千军万马扎满城，一个皇帝坐当中，三街六市多拥挤，十字街头闹哄哄。再要箍只奇怪桶：一根尾巴通天宫，一根横挡在当中。上头一记松，下头扑通通，拎起来满腾腾，问你师傅懂不懂？'箍桶匠不懂，就按照女儿教的，假装回家拿工具，向女儿讨教。九斤一下猜得谜底，十样桶是：洗面桶、饭桶、洗脚桶、马桶、锅盖、豆腐桶、蒸桶、水桶、养蜂桶、吊水桶。老汉箍出了十样桶，财主诡计没得逞。"再如壮族歌仙刘三姐猜谜的故事，地主请来的秀才，想用猜谜制服刘三姐，唱道："什么常年土中埋，一旦出头惊天地，谁不知我是高才"，被刘三姐猜中是"竹子"。又唱："什么上圆下四方？什么下圆上四方？什么内圆方在外？什么外圆内四方？"还是被刘三姐猜出是"箩筐、筷子、火盆、铜钱"，始终难不倒刘三姐。

民间文学中有关谜语题材的作品，表现广大人民群众的聪明才智和对社会不公平的反抗精神，是一种思想意识、价值观和审美观的表达方式。这些作品多以女性为主角的现象，同她们比较多地使用这种体裁教育子女和自我娱乐有关系，也体现了封建社会中劳动人民追求男女平等的反封建意识。

谜语在文人作品中，还能起到表达思想情感，增加生活气息和塑造人物性格等方面的作用，《红楼梦》第二十二回中，贾政作的"砚台"谜："身自端方，体自坚硬。虽不能言，有言必应"，以砚台方正坚硬的特点，既与贾政的名字接近，也与他封建卫道者的身份吻合。探春作的风筝谜"阶下儿童仰面时，清明妆点最堪宜，游丝一断浑无力，莫向东风怨别离"，风筝高飞和有线牵着的情形，与她家败之后，家人离散，远在各处而又难舍亲情的情形很相似。再如，宝玉作的"镜子"谜："南面而坐，北面而朝；像犹亦犹，像喜亦喜"，也是他与黛玉"水中月，镜中缘"关系的写照。李纨作"观音未有世家传，打《四书》句一，虽善无征"，暗含了自己年轻丧夫的命运。这里将复杂的人物性格和命运通过谜语这一有趣的方式，巧妙自然地流露了出来。

谜语还具有启发智力和锻炼思维的功能。谜语以其鲜明的特点，"可以用来表现自己的智慧，用来量度别人的

"不是荤的鱼"是豆腐做的鱼。三个媳妇听了，高兴而去，又一起回来。老汉问清楚猜谜的事，很喜欢巧姑，请人做媒，把巧姑娶回来当了四媳妇。历史上的孔子、颜回、东方朔、曹操、杨修、苏轼、冯梦龙、曹雪芹等杰出人物，其聪明才智也都在制作和猜射谜语时得到了体现。

第四节　谜语的特点

巧妙的隐蔽性是谜语最突出的特点。"在描写某一种事物和现象的时候，谜语不称呼它，而只是写出它最可作为特征的标志或者是用另外的事物和现象来比拟。"（苏联克拉耶夫斯基《苏联口头文学概论》）将谜底巧妙地隐藏起来，使谜语充满神秘感，"使说穿了不值什么的话竟费了对方的大力去猜"，（顾颉刚《广州谜语·序》）以激起人们的好奇心和探索精神，还能产生揭示谜底后的愉悦感和成就感。这种隐蔽性也是谜语区别于其他民间文学形式的独特之处。例如："一件东西来回走，只有牙齿没有口，打工具一"，谜面只作事物形状的描述，将结果隐藏起来，人们只有根据描述的特征，经过思考和联

智慧"（顾颉刚《谜史·序》），还可以锻炼提高人们的思维和智力。古往今来，以谜语题材表现人物聪明才智的作品很多，例如：民间故事《巧姑》说的是，一个老汉，有三个媳妇，他想从中选一个管家。于是让三个媳妇一起回娘家，再一起回来作个实验。临走前关照大媳妇回去三五天，回来带一对"纸包火"；二媳妇回去七八天，回来带十个"红心萝卜"；三媳妇回去十五天，回来带一斤"不是荤的鱼"。三个媳妇高高兴兴上路，到三岔路口分手时，想起公公的话，都不知道什么意思，急得直哭。肉店老板的女儿巧姑听了，跟她们说：三五一十五天，"纸包火"是灯笼；七八一十五天，"红心萝卜"是鸡蛋；

想才能猜出是木匠用的锯子。谜语的隐蔽性还是人们不方便直接表达自己意图时能采用的好方式。

趣味性是谜语作为娱乐形式必备的特点。人们在谜语中以生动的形象，诙谐幽默的语言文字将事物表现出来，使人们在"寓教于乐"之中锻炼了思维和智力，增加了知识；在"寓庄于谐"中享受了娱乐快感。例如，"不打电，不打闪，下雨不过两三点，打儿童生理表现一，小孩哭"、"兄弟十个上高山，八个忙着两个闲，呼啦呼啦一阵扫，雪花飘飘在眼前，打日常动作一，抓头"、"红嘴绿鹦哥，肚里营养多，打菜蔬一，菠菜"、"青竹竿，十八节，顶上爬个关老爷，打农作物一，高粱"。这些谜语用了生动的描写和形象的比喻把生活中常见的事物表现得趣味无尽。谜语能成为儿童喜爱的娱乐和学习形式，也在于它的趣味性，如，"长脚小二郎，吹箫入洞房，爱吃红花酒，拍手命丧亡"，谜底"蚊子"；"水皱眉，树摇头，花儿见我鞠躬，彩云见我逃走"，谜底"风"；"有风不动无风动，不动无风动有风，荷花开时人人爱，菊花开后收箱笼"，谜底"扇子"，这些谜语很生动有趣，适合儿童的认识能力和接受习惯。

精练性是谜语形式上的显著特点，它"是民众们最精练的写生手段，它能在三两句中把一件东西的特别性质指出"（顾颉刚《广州谜语·序》）。同时"不论从哪个角度，谜底的特征，谜面的联系都能在短短的几行诗句中，形象贴切地描绘出来，尽管形象各异，底面竟都能个个扣合"。这一特点是由它的创作者和使用者所决定。只有具备了精练的形式，才适合民间口头创作和流传的要求。谜语的精练性主要表现在文字和句式上，有时候，谜面或谜底只用一两个字就可以成型，例如，"萤，打字一，花"（《红楼梦》第五十回）、"呀，打成语一，唇齿相依"、"苦，打成语一，若有所失"、"米，打生活用品一，折叠伞"、"大不行，打电影一，小路"、"超龄，打电影一，过年"、"春节，打刊物一，《中国老年》"。这些谜语都以不多的字数，使事物的方方面面和它们之间的关系都蕴含其中。

变异性是谜语作为民间文学口头创作的特点之一，这种变异性是由于不同作者、不同地区和不同语言等因素所造成的结果。这些变化主要表现在形式上，例如都是关于"公鸡"的，潢川为"头戴红顶子，身穿花衣服，早晨喔喔

喔，唱到太阳出"，南阳为"头戴芙蓉花，身穿八卦插，虽说不是无价宝，能叫千门万户开"；再如关于"人"的，广州为"细时四只脚，大来两只脚，老来三只脚"，宁波为"小时四只脚，中年两只脚，老年三只脚"；关于"舌"的，广州是"红门铲，白蚊帐，里头有个颠和尚"，宁波是"红窗门，白格子，里头一个颠娘子"。从这些变异可以了解谜语的流传情况，表现出各地民间创作的不同特点和丰富多彩。

谜语是为满足民众精神和物质需求而产生的民间文艺形式，主要是民间口头创作，并在民间使用和流传。因此，它所具备的群众性显而易见。谜语内容一般都是以民众熟悉的事物为创作素材，形式上迎合民间口头表达习惯和创作的手法，例如："一个坛，两个口，只装油，不装酒，谜底'灯笼'"；"快快逃，快快逃，赤膊的逃去，穿衣裳的拿牢，谜底'筛子'"；"毛簇簇，水滴滴，娘娘拔起来，阿爹种落去，谜底'插秧'"；"弯对弯，直对直，两头都是肉，谜底'犁地'"；"看着是往东走，实际是往西行，谜底'撑船'"等，表现的都是老百姓熟悉的事物，使用的都是他们的语言。谜语在使用环境上，也是以民间传统节日为主，如元宵节、中秋节的灯会等，以及民众的日常生活当中的聚会和风俗活动。这些谜事活动大多是民众自发组织和积极参与的。即使是文人创作的谜语，也是力争服务于民众，在他们的谜事活动中得到传播。

第二章
谜语的起源和发展

第一节 谜语的起源

关于谜语起源的时间，一般认为大约在原始时期，后经过"廋辞"、"隐语"等逐渐变化而成，这个过程中还受了古代歌谣和宗教的影响。但有一点不容置疑，谜语主要是民间的口头创作和集体智慧的结晶，诞生的时间应该是在有文字之前。

在原始社会，我们的祖先就开始用歌谣形式来抒发自己的思想情绪，排解劳动的疲乏。谜语作为民间口头创作，在内容、形式和功能上也有与歌谣相似的地方。以此类推，它们产生的年代应该大致相当。20世纪50年代，我国民族学家秋浦先生对生活在黑龙江省、内蒙古自治区和新疆维吾尔自治区的鄂温克族进行调查时发现，当时还生活在原始社会末期形态的鄂伦春人中间，就流传着类似谜语萌芽的作品，即"会走动而无踪迹，谜底是桦树皮船；四季身下有雪的，谜底是灰鼠；兄弟赛跑永无胜负，谜底是两条腿；三个妇女抓住头发互不放手，谜底是打猎用的吊锅架"，这些作品的特征与谜语很相似，因此人们将其作为原始社会时期已经有了"谜语"的一个佐证。也有学者认为，黄帝时期的古歌《弹歌》

"断竹，续竹；飞土，逐肉"，隐约反映了当时狩猎的情形，故将其作为谜语早期隐约的形态。再如《周易·归妹·上六》的："女承筐，无实，士刲羊，无血"，也以"回互其辞"反映了牧羊夫妇剪羊毛的情景。

关于谜语产生的原因，从廋辞隐语起，可以归结为几点，如"讽刺鄙视他人，侧取政策，滑稽俏皮，秘密传达意思"（陈光尧《谜语研究》，商务印书馆 1930 年）。《尚书·汤誓》的"时日曷丧？予及汝偕亡"，就是通过对自然现象的感叹，暗含着当时百姓对暴政的强烈不满。《诗经·小雅·大东》的"维天有汉，鉴亦有光。跂彼织女，终日七襄。虽则七襄，不成报章，睆彼牵牛，不以服箱。东有启明，西有长庚。有捄天毕，载施之行。维南有箕，不可以簸扬。维北有斗，不可以挹酒浆。维南有箕，载翕其舌。维北有斗，西柄之揭"，内容也隐含着对统治阶级横征暴敛的不满。暴政统治之下，百姓敢怒不敢言，只有使用隐语形式发泄愤怒和不满情绪，理所当然。这一现象或者可以看作谜语产生的原因之一；用廋辞隐语谏言是独裁统治下政客们常用的参政手法，

《史记》、《汉书》、《新序》等都有记载；廋辞隐语还是政客文人们聚集场合调笑、娱乐的方式，汉代东方朔用廋辞隐语取悦皇帝的故事就被许多古籍记载；春秋战国，各国之间纵横捭阖、钩心斗角，交往中有很多不可明言的事情，廋辞隐语就成为一些场合最适合的交往方式，古籍中对此多有记载。以上这些，使廋辞隐语的兴起和谜语的发展顺理成章。

第二节　谜语的发展

同任何事物一样，谜语也有一个发展和成熟的过程。从最初的隐语变成谜语，经历了很长的时间。这个过程可以从历代古籍中得到验证。

春秋时期隐语盛行，并孕育了谜语的萌芽。关于这一时期隐语的表现，古籍中有很多记载，《左传》说："还无社与司马卯言，号申叔展。叔展曰：'有麦曲乎？'曰：'无。''有山鞠穷乎？'曰：'无。''河鱼腹疾奈何？'曰：'目于眢井而拯之，若为茅绖，哭井则己。'明日，萧溃。申叔视其井，则茅绖存焉，号而出之"。讲的是危急时刻，楚国大夫用隐语救萧国大夫还无

社于危难之时的事情。他们之间的谈话，就是密言性质，只有他们二人听得明白。

春秋列国的大臣们用隐语谏言也是常有的事情。《文心雕龙》说"楚庄齐威，性好隐语"。统治者的喜好，带动了一批政客文人相互仿效，既用隐语取悦上头，也作为谏言的方式。《史记·楚世家》记载："庄王即位三年，不出号令，日夜为乐，令国中曰：'有敢谏者死无赦'，伍举入谏。……曰：'愿有进隐'，曰：'有鸟在于阜，三年不蜚不鸣，是何鸟也？'庄王曰：'三年不蜚，蜚将冲天；三年不鸣，鸣将惊人。举退矣，吾知之矣！'居数月，淫益甚。大夫苏从乃入谏，王曰：'君不闻令乎？'对曰：'杀身以明君，臣之愿也。'于是乃罢淫乐，听政。"《新序·杂事》记载了丑女无盐与齐宣王打哑谜谏言的故事。那时人们喜欢使用谲譬这种委婉打比方的形式进行交流，显示了隐语流行的情况及其向谜语变化的过程。

孔子和颜回是春秋时期谜语发展的标志性人物，《论语·公冶长》有"回也闻一而知十"，说的就是颜回善于猜谜。关于他们和谜语的故事，文献记载很多，如唐代无名氏的《琱玉集》载："路妇，不知何处人也，孔子游行见之，头

戴象牙栉，谓诸弟子曰：'谁能得之？'颜渊曰：'回能得之。'即往至妇人前，跪而曰：'吾有徘徊之山，百草生其上，有枝而无叶，万兽集其里，有饮而无食，故从夫人借罗网而捕之。'妇人即取栉与之。颜回曰：'夫人不问由委，乃取栉与回，何也？'妇人答曰：'徘徊之山者，是君头也。百草生其上，有枝而无叶者，是君发也。万兽集其里者，是君虱也。借网捕之者，是吾栉也。以故取栉与君，何怪之有！'颜渊默然而退。"《冲波传》载："孔子去卫适陈，途中见二女采桑。子曰：'南枝窈窕北枝长，'答曰：'夫子游陈必绝粮。九曲明珠穿

不得，著来问我采桑娘。'夫子至陈，大夫发兵围之，令穿九曲珠，乃释其厄。夫子不能，使回赐返问之。其家谬言女出外，以一瓜献二子。子贡曰：'瓜，子在内也。'女乃出语曰：'用蜜涂珠，丝将系蚁。蚁将系丝，如不肯过，用烟熏之。'子依其言，乃能穿之，于是绝粮七日。"以上二则谜语故事，除了表现孔子、颜回的谜语才能外，更表现了劳动妇女的聪明和智慧。

战国末期是隐语向谜语过渡的时期，这时期的特点是谜语特征逐渐显现，隐语表现形式多样化。荀子是当时的代表性人物，他最早用赋的形式表现隐语，使隐语向谜语的发展迈进了一步，刘勰评说："纤巧以弄丝，浅察以炫辞，文欲婉而正，辞欲隐而显，荀卿蚕赋已兆其体。"如："冬伏而夏游，食桑而吐丝，前乱而后治，夏生而恶暑，喜湿而恶雨。蛹以为母，蛾以为父。三俯三起，事乃大已。夫是之谓蚕理。"（《蚕赋》）通过对形状和动作的描述，反映了蚕的蜕变过程。在论及当时的隐谜情况时，荀子《解蔽》说道："空石之中有人焉，其名曰觙，其为人也，善射以好思。"指的是当时一个善于猜谜的人。到这一时期，隐语的性质已经从密语、谏言、测智发展到指事和说理，谜语之体已见雏形。

汉魏是谜语由萌芽到初步定型的时期，从谜面到谜底，形成了较完整的结构，其作用也日趋"寓教于乐"。这时期的代表人物有汉代的东方朔，他是西汉辞赋家，曾任太中大夫等职，性格诙谐，言词敏捷，滑稽多智，常在汉武帝面前以谈笑取乐"观察颜色，直言切谏"（《汉书·东方朔传》）。司马迁在《史记》中称他为"滑稽之雄"，晋人夏侯湛的《东方朔画赞》也对他的诙谐睿智，倍加赞赏。他猜谜的故事除记于《史记》、《汉书》外，还多处转载，如：《太平广记·东方朔传》记："东方朔常与郭舍人于帝前射覆。郭曰：'臣愿问朔一事，朔得，臣愿榜百，朔穷，臣当赐帛。'曰：'客来东方，歌讴且行，不从门入，逾我垣墙，游戏中庭，上入殿堂，击之拍拍，死者攘攘，格斗而死，主人被创。是何物也。'朔曰：'长喙细身，昼匿夜行，嗜肉恶烟，常所拍扪。臣朔愚戆，名之曰蚊。'舍人辞穷，当复脱襌。" 故事将东方朔的机敏和当时猜谜的情景生动地表现出来。再如："汉武帝尝以隐语召东方朔。时上林献枣，帝以丈击未央前殿槛曰：'叱叱，先生束束。'朔至曰：'上林献四十九枚乎？'朔见上以杖击槛两本，两木林也，束束枣也，叱叱四十九也。"这个故事的内容大概可以作为离合体字谜的萌芽。

汉代还出现了"离合诗"，即利用汉字形体变化表现隐语。这种方法来源于秦统一国家后的文字改革，小篆的出现使汉字不断规范化，其笔画特点，为离合法的出现创造了条件。离合体为日后的谜语创作提供了新的途径。如：东汉袁康《越绝书》中的离合诗"以吉为姓，得衣乃成"，"吉、衣"合为"袁"；"厥名有米，覆之以庚"，"米、庚"合成"康"；"以口为姓，承之以天"，"口、天"合为"吴"。孔融《郡姓名字诗》中的"渔父屈节，水潜匿方；与时（时的繁体）进止，出寺弛张"，解为"渔离水，成鱼；时离寺，成日。鱼合日为鲁"；"吕公矶钓，阖口渭旁；九域有圣，无土不王"，即"吕离口，成口。域离土，成或。口合或，成國（国）"等，是较典型的离合体谜。离合体产生以后，很受谜语喜爱者的欢迎，争相仿效，使之不断成熟，一直沿用至今。

汉末至魏晋南北朝时期，是谜语发展的一个重要阶段，出现了不少传之久远的谜语和关于它的故事。这一时期的代表人物有曹操、杨修、曹丕、曹植等人。《世说新语》中记载了两则曹操、杨修与谜语的故事：其一，杨德祖为魏武主簿，时作相国门，始构榱桷，魏武自出看，使人题门作"活"字。便去。杨见，即令坏之，既竟，曰："门中'活'，

'阔'字。王正嫌门大也。其二,人饷魏武一杯酪,魏武啖少许,盖头上题"合"字以示众,众莫能解。次至杨修,修便啖曰:"公教人啖一口也,复何疑。""合"可解为"人一口"即一人一口。

再如流传很广的曹娥碑的故事:魏武尝过曹娥碑下,杨修从。背上见题作"黄绢幼妇外孙齑臼"八字。魏武谓杨修曰:"解不?"答曰:"解。"魏武曰:"卿未可言,待我思之。"行三十里,魏武乃曰:"吾已得。"另修别记所知。修曰:"黄绢,色丝也,于字为'绝'。幼妇,少女也,于字为'妙'。外孙,女子也,于字为'好',齑臼,受辛也,于字为'辤(辞)'。所谓'绝妙好辞'也。"魏武亦记之,与修同,乃叹曰:"我才不及卿,乃觉三十里。"这则故事讲述的是典型的离合体谜语的猜谜过程。这个谜还引出了以后谜格中的"曹娥格"。

南朝诗人鲍照是字谜由散文向韵文转变之初的代表人物,宋曾慥《类说》中说:"鲍明远诗有字谜三首,飞泉仰流者,旧说是'井'字。"鲍照的"井"字谜曰:"二行一体,四支八头,四八一八,飞泉仰流",以"八个头"和"四个十"隐了"井"字。"龟"字谜"头如刀,尾如钩,中央横广,四角六抽,右面负两刃,左边双属牛",指的是繁体篆书的"龝"字。鲍照因此被人称为字谜的创造者。再如:《玉台新咏》所收"乐府诗谜":"藁砧今何在,山上复有山;何当大刀头,破镜飞上天",这首诗隐含"夫出半月还"五个字,藁砧古称轧草石,也叫砆,刀头缀有铁环,故此。南北朝时期刘勰所著《文心雕龙·谐隐》是我国第一部系统论述谜语的著作,作者在书中将谜语的起源、发展、特征、作用,各个时期著名的谜作者和他们的活动以及成就,都作了论述。《谐隐》是我国历代研究者在探究谜语产生和发展时都非常倚重的文献。

南北朝时期字谜的发展,使谜语表现形式和制作方法得到丰富。除了已经有的离合法外,增损法、会意法也都在酝酿之中。杨炫之《洛阳伽蓝记》中有:北魏孝文帝设宴招待群臣,喝到兴处,出谜:"三三横,两两纵,谁能辨之赐金钟。"彭城王勰猜中是"習"字。其中"三三横,两两纵"成"羽","金钟"即酒杯,古称其为"大白","羽"、"白"合成"習"。这里的谜语已有会意法的雏形。

隋唐是谜语快速发展的时期。这一时期的谜语在魏晋基础之上，深受当代文学发展的影响，形式更趋成熟，制作方法更多样化和富丽繁缛。唐代诗歌使谜语的表现形式更规整、更富韵律感。如，唐冯翊《桂苑丛谈》记"唐太保令狐绹出巡，一日，与随从游大明寺，见题词曰：一人堂堂，二曜同光，泉深尺一，点去冰旁。二人相连，不欠一边，三梁四柱，烈火烘然，除却双勾，两日不全。"很多人不解其意，一个叫班蒙的说道：一人是"大"，二曜"日月"，尺一"十一寸"相加是"寺"，点去冰"水"，二人相连为"天"，不欠一边是"下"，三梁四柱句为"無（无）"，除却双勾句指"比"字，谜底是"大明寺水天下无比"。民间传说"李白作诗起名"的故事：唐天宝初年，李暮得外孙，请李白取名，李白边饮酒下棋，边写一诗：树下彼何人，不语真吾好，语若及日中，烟霏谢成宝。李暮不明何意，李白解释：树下人是"木子"，不语为"莫言"，好是"女子"，语及日中是"言午"，烟霏谢成宝是"云出封中"，即"李暮外孙许云封"。又有传说，唐代张说守湖南岳阳时在西城门上建门楼，站在城楼眺望，湖光山色尽收眼底，当时有人在墙壁上题"虫二"两字，隐了"风月无边"，可谓绝妙之笔。再看一则题名"雪"的物谜，"江上一笼统，井上黑窟窿；黄狗身上白，白狗身上肿"，形象贴切生动。这时期以离合体与巫卜形式相结合的谶语也很流行，段成式《酉阳杂俎·怪术》载："（梵僧难陀）时时预言人凶衰，皆谜语，事过方晓。"这种迷信人指事后应验的话，早在汉代就已经出现，如"千里草，何青青；十日卜，不得生"就是当时暗含对董卓诅咒的谶语。

宋代是我国谜语发展的一个重要时期。《七修类稿》说："隐语化而为谜，至苏黄为极盛。"宋代谜语发展的一个显著特点是，由于朝廷的重视，民间节日在当时得到大力推广。如乾德年间颁诏书鼓励"上元张灯，今吾夜放，与民同乐"，使得元宵灯会盛况空前，孟元老《东京梦华录·元宵》描述了当时开封元宵灯会的盛况："正月十五日元宵，大内前，自岁前冬至后，开封府绞缚山棚，立木正对宣德楼。游人已集御街两廊下。奇数异能，歌舞百戏，鳞鳞切切，乐声嘈杂十余里……其余卖药、卖卜、沙书、地谜，奇巧百端，日新耳目。"猜谜也成为灯会一项重要内容。

由于朝廷的号召，各地争相仿效，各种与谜语相关的活动风起云涌，谜语也借此得到飞快发展。

就是趁着节日盛况，灯谜这个新谜种闪亮登场。灯谜的出现为节日活动带来新的内容和景象，南宋周密《武林旧事·元夕》形容当时灯会时提及灯谜："以绢灯剪写诗词，时寓讥笑，及画人物，藏头隐语，即旧京诨语，戏弄行人。"灯谜将节日的灯彩和谜语结合起来，使人们能同时得到视觉和精神的享受。因此，它一出现很快就得到各个阶层人们的喜爱，研究和创作的队伍不断扩大，使灯谜以后得到了优于其他谜种的良好发展，好的作品源源不断。宋代谜语发展的良好势头还表现在有了谜语爱好者

的组织，这些组织在研究创作谜语和组织谜事活动上，发挥了很好的作用。据史料记载，我国最早的谜社是宋代的"南北垢斋"和"西斋"。

谜语能在宋代兴旺发达也有赖于文化名人的作为，代表人物有苏轼、王安石等人，如，苏东坡致赵德麟的"秋阳赋"，"生于不土之里，而咏无言之诗"，谜底"畴"；又如"研犹有石，岘更无山，姜女既去，孟子不还"，谜底"砚盖"；宋袁褧《风窗小牍》有"相国寺题壁诗"："终岁荒芜湖浦焦，贫女戴笠落拓条；阿侬去家京洛遥，惊心寇盗来攻剽"，此诗谜一时无人能解，直到神宗年间，苏东坡被贬黄州才得解，苏曰"终岁，十二月也，十二月为青字；

荒芜,田有草也,田有草为苗字;湖浦焦,水去也,为法字;女戴笠为安字;拓落木剩石字;阿侬为吴言为误字;去家京洛为国;寇盗为贼民。盖言,'青苗法安石误国贼民'"。王安石的谜有"目字加两点,不作贝字猜",谜底"贺";"贝字欠两点,不作目字商",谜底"资";"兄弟四人二人大,一人立地三人坐;家中更有一两口,便是凶年也好过",谜底是"檢(检)"。

这时期还有一些诗词谜和成对的谜,如《苕溪渔隐丛话》载:"佳人佯醉卧鲛绡,露出胸前霜雪娇,赖下凤纬无处觅,睡魂游遍海天遥",句中所隐之人为"贾岛(假倒)、李(里)白、罗隐、潘阆(拼浪)"。宋彭乘《续墨客挥犀》记:"王荆公戏作谜语:'画时圆,写时方,冬时短,夏时长'。以示吉甫。吉甫解云:'东海有一鱼,无头亦无尾,更除脊梁骨,便是这个谜'",谜底是"日"。

元代趁宋代谜语发展的顺势,继续了谜语创作和谜事活动兴旺的势头。而且蒙古族人也很喜爱猜谜活动,元高德基《平江纪事》载有当时贵族猜谜的情形:一日同寅后堂会饮,僚佐愿求一令劝酬,公曰:"吾不读书,弗能为令,但有两字隐语,请重贤商之,能者免,弗能者请一巨觥。"众曰如命。公曰:"一字有四个口,一个十;一字有四个十,一个口。"在座者皆不能解,罚就饮。饮竟问之,公以箸画案上乃"圖(图)"、"畢(毕)"二字也。元代的谜语很多是直接承袭了宋代的成果,上述"圖(图)"字谜据传就是王安石所作。

明清二朝是谜语发展的鼎盛时期。自宋代有了灯谜之后,到了明代灯谜已经是风靡一时,如明田汝成《西湖游览志余》说:"正月十五日为上元,前后张灯五夜,……好事者,或为藏头诗句,任人商揣,谓之猜灯",刘侗《帝京景物略》、张岱《陶庵梦忆》也对上元灯会猜谜一事有记载。明朝在谜语发展方面突出的表现是,出现了一批谜语的研究者,出版了一批集研究文章和采录作品于一处的谜语专集,冯梦龙的《黄山谜》、徐渭的《徐文长逸稿》、黄周星的《廋词四十笺》、贺从善的《千文虎》等是其中的代表作,记录了不少精彩的谜语,如,《黄山谜》中的"他一句,我一句,他若百千句,我也百千句,我说的就是他说的,谜底'读书'"、"行也是立,立也是立,坐也是立,卧也是立,谜底'鹤'"、"行也是行，立也是行，坐也是行，卧也是行，谜底'蛇'"等；《徐文长逸稿》所收"不用刀，只用篾，勒碎风，劈破月，谜底'竹帘'"、"但见争城以战，不见杀人盈城，是气也而反动其心，谜底'走马灯'"、"舞处腰肢纤细，绣处金针斜透；归到洞房中，羞见蝶双莺偶；知否知否，命里生来独守，谜底'黄蜂'"。这些谜语既有民间作品，也有文人创作，是谜语兴旺发达的显著标志。明末扬州人马苍山还首次将谜格归纳成十八格，编辑成集。之后，谜格在几百年中得到很快发展，其中许多沿用至今。

清代的谜语创作和研究在民众间和文化界内，都呈现红红火火的景象。不仅作品数量是历史的最高峰，人们在谜语创作上也更追求严谨规范的技法和多样的风格。此时，谜事活动已经成为广大民众日常文化生活的一个常见的形式和文人聚会时的雅趣。这时期的谜语在文学名著中也频繁现身，如《红楼梦》中贾环作"大哥有角只八个，二哥有角只两两；大哥只在床上坐，二哥爱在房上蹲"，谜底是枕头、兽头，这是一则在民间广泛流传的谜语；黛玉作"骄耳何劳缚紫绳？驰城逐堑势狰狞；主人

指示风云动，鳌背三山独立名"，谜底"走马灯"等，书中谜语多达数十则。《镜花缘》中有很多灯谜，如"昱，打《诗经》句一，下上其音"；"眈，打《易经》句二，离为火，为日"；"席地谈天，打《孟子》句一，位卑而言高"；"酒鬼，打《孟子》句一，下饮黄泉"；"千金之子，打《镜花缘》国名一，女儿"。《三国演义》第九回，董卓列队入朝时，有一个道人手执长杆，上有丈余白布，两头各写一个"口"，暗示"吕布"。《西游记》第一回的"灵台方寸山，斜月三星洞"，后句隐"心"字。《隋唐演义》第四十八回的"枣枣龟糖"谐音"早早归唐"、第七十三回裴炎用"青鹅"二字隐"十二月我自与"，回应徐敬业的邀约。《花月痕》中有书信谜，如"忆自卿赴雁门，打唐诗名一，北征"；"时正河冰山冻，打中药一，天冬"；"两行别泪，尽在樽前，打花名一，将离"等数十首。《二十年目睹之怪现象》中有"四，打《论语》句一，非其罪也"；"老太太，打字一，嫂"；"广州地面，打《孟子》句一，五羊之皮"等。无疑，这些谜语和热烈的猜谜场景是为作品增添别样味道的佐料。

清代谜书的出版也是旺盛期，从

顺治年间起至宣统年间，谜书的出版始终没有间断，其中较有影响的有：咄咄夫的《一夕话·雅谜》及续，黄周星的《廋词》，冯天啸的《冰天谈虎录》，钱德苍的《消闲集》三集，费源的《玉荷隐语》二卷，企社、古华散人的《龙山灯虎》，篷道人、杨思寿的《灯社嬉春集》，又一村居士的《灯谜偶存》，俞樾的《隐书》，刘玉才的《廿四家隐语》，周学浚的《二十家灯谜大成》，杨小湄的《作嫁衣裳隐语》等百十种之多。

清末民初，谜语的创作和研究活动在动荡的社会环境中，仍旧承续了明清以来的盛世。在创作、研究的成果中，以张起南的《橐园春灯话》最具代表性，这部书被人誉为"历代灯谜著作中理论最完整、内容最丰富的灯谜巨著"，书中共有作者创作和收录的谜语上万条，是有史以来规模最大的谜语集，为此，张先生被时人誉为"现代谜圣"，《橐园春灯话》也是谜语研究者不能不借鉴的佳作。

自从宋代有了谜社之后，这种谜语爱好者的自发组织一直发展和存在下来。明清时期有记载的谜社有：扬州的广社、竹西春社、竹西后社，北京的隐秀社、丁卯社、学余社，上海的玉泉轩谜社、大中谜社、松江谜社、萍社，苏州的西亭谜社，厦门的翠新谜社，兰州的水晶谜社等。谜社自有章程，依条例入会，定期组织猜谜活动，出版谜语刊物；谜社主要由热心人士组建，自筹活动经费，活动场所以私宅和茶馆酒肆为

主，轮流坐庄，还时常由生活富裕者凑份子聚餐。谜社的活动即使是在战争时期也不曾停滞过，由此可见谜语在人们生活中的重要位置和作用。

在 20 世纪初掀起的研究民间文学之风的鼓动下，现代学者研究谜语的兴趣不断增加，是这个时期谜语发展的特点。从钱南扬先生的《迷史》起，不断有人推出研究成果和将国外谜语研究情况介绍进来，同时积极广泛地搜集民间谜语并将其编纂出版，其中有影响的有：白启明的《河南谜语》、刘万章的《广州谜语》、王鞠侯的《宁波谜语》以及广东的《翁源民间谜语》等，几十年间，出版谜书有一百四五十部之多。

新中国成立之后，在党的"百花齐放"，"推陈出新"方针指引下，谜语与我国民间文艺事业一并得到蓬勃发展，仅 50 年代就有上百部谜语作品集出版。与此同时，猜谜活动也在政府支持下，得到大力推广。到如今，全国各地每到元宵、中秋等年节或有各种活动时，有组织和群众自发的谜事活动都开展得红红火火，并成为经常性的群众文娱项目。一些大型谜事活动还自成品牌，影响甚至波及海外，吸引了世界各地华人和谜语爱好者的参与。为了更好地组织谜事活动，促进谜语的发展繁荣，在传统谜社基础上，各级文化部门和民间自发相结合成立了不少群众性谜语组织，这些组织，经常开展谜事活动，交流经验，不断创新，为保护发展谜语这一文化遗产和丰富群众文化生活做了大量工作。谜语书籍的大量出版，反映了当代谜语发展的大好形势，近几十年间出版的谜语作品集有近千种之多，谜语研究专著和学术文章不计其数。在很多地方，谜语已经被政府列入民间文化遗产保护名录，使谜语这一优秀民间文艺门类在当代社会得到有效保护和良好发展。

第三章
谜语的分类

MIYU DE FENLEI

谜语的分类可以从两方面进行，一是按照内容，即根据谜语描写对象的不同，分成事物谜和文义谜；二是按照表现形式，分为单谜、组谜和连环谜。

第一节　按内容分类

　　（一）事物谜，也叫民间谜语，是以人的行为表现、某些自然现象和具体事物为猜射对象的谜语，内容涉及自然现象、动植物、各种物产，生产劳动、社会生活、家庭生活、各种物品和文字，以及人体和行为等。事物谜多采用韵文的表现形式。比如：

　　猜字：一字当中栽，不能当中猜，谜底：串。

　　猜动物：长相挺俊俏，专爱把舞跳，春天花一开，它就先来到，谜底：蝴蝶。

　　猜植物：一年四季绿丫丫，不长枝叶叶开花，谜底：仙人掌。

　　猜器物：房屋连房屋，长长一条龙，头上乌云滚，脚下雷声隆，谜底：火车。

　　猜日常用品：长的少，短的多，用脚踩，用手摸，谜底：梯子。

　　猜人体器官：早上开门，晚上关门，开门细看，里面有人，谜底：眼睛。

猜自然现象：棋子多，棋盘大，只能看，不能下，谜底：星空。

猜劳作：毛簇簇，水滴滴，姑娘拔起来，阿爹种落落，谜底：插秧。

（二）文义谜，也叫字谜、灯谜，是利用汉字形状多变的特点，按照一定的规律，进行形、音、义的变化或者别解以供人猜射的谜语。因汉字笔画结构的复杂多样，变化多端，文义谜也得以丰富多彩。文义谜范围十分广泛，谜底的表现形式多为单字、词组、成语、短句等。例如：

作揖，谜底：拿。

众，谜底：三头六臂。

白，谜底：一了百了。

三横三竖，能种红薯，谜底：田。

一对工人，谜底：巫。

一头羊，不像样，眼睛长在屁股上，谜底：着。

一字七横六竖，世人少有人识，有人去问刘备，刘备去问孟德，谜底：曹。

一字有四笔，没横也没直，妈妈猜不着，爸爸笑嘻嘻，谜底：父。

海阔凭鱼跃，天高任鸟飞，谜底：各得其所。

事物谜和文义谜是广义谜语的两个部分，因此，它们有共同之处，即结构相同，都是由谜面、谜目和谜底组成，如，事物谜，七层褥子八层被，一个黑儿里头睡，有个红儿来叫门，蹬了褥子端了被，打娱乐用品一，爆竹。文义谜，留发，打成语一，置之不理。

既然分成不同的类型，就有不同之处。首先是谜面和谜底的扣合方式不同。事物谜主要是以事物的外部特征制谜，通过外表、形体、性质、色彩、音响、出处、用途等等，"回互其辞"地为人们提供猜谜的线索。而文义谜是根据底面文字形、音、义、位置等的变化，使用会意、别解、假借、运典、拆字等手法，使谜面和谜底相扣合。以"燕子"谜为例，事物谜是"有位小姐黑又黑，来时天公放春雷，故居就在屋檐下，为增春色满天飞"，文义谜是"北京零时"，事物谜主要通过燕子的毛色和生活习性等特征进行了形象的描绘扣谜底，文义谜则依"北京"又称"燕京"，"零时"古代计时法称"子时"，使用别解各取一字合为谜底的。再如"蒜"谜，事物谜的谜面是"兄弟七八个，围着柱子坐，大家一分手，衣服就扯破"，文义谜的谜面是"二小二小，头上长草"，前者抓住蒜的特征，用了拟人手法作生动形象的描绘，后者则侧重"蒜"字的形状，用"二小二小"和"艹"合成"蒜"字。又如"蚕"谜，事物谜以"一个姑娘真可爱，不吃荤腥吃树叶，成天劳动纺丝线，为了别人好穿戴"暗射"蚕"；文义谜以"石头老虎"，别解"一大虫"

组成"蚕"字。二者的区别显而易见。

其次，文义谜涉及的范围广泛，凡是文字能够表达的内容都可以作为谜底。而事物谜要以事物间相关联的特性使谜面和谜底扣合，因此制作事物谜的范围就不如文义谜那么广泛。

形式上，事物谜的谜面多为韵文，字数较多，要合辙押韵，生动形象，适于口头表现，如"一个娃娃真稀奇，身穿三百多件衣，每天脱去衣一件，脱到年底剩张皮，打日用品一，日历"，"一座小花园，鲜花开不断，只供一人瞧，其余靠边站，打玩具一，万花筒"。文义谜的谜面用字较少，多是现成的词句，如诗词、成语、俗语、典故、人名、地名、电影名、戏剧名，以及字母、数字、图画、棋谱、符号等。如"此曲只应天上有，打唐诗句一，斯人不可闻"；"同流合污，打字一，亏"；"破镜重圆，打字一，锺（钟）"；"走马灯，打《礼记》句一，无烛则止"；"一加一，打字一，王"；"三月廿八，打字一，期"；"重庆，打俗语一，双喜临门"；"pan（拼音），打菜肴一，拼盘"等。

其三，制谜猜谜的方法不同。文义谜的猜制有一定的规则。比如谜底和谜面不能有相同的字出现，谜底和谜面在扣合上，讲究贴切、严密和不能出现多余的字等。而事物谜规矩不多，只要谜面隐秘的事物和谜底能够有紧密的相互关联即可。此外，文义谜有谜格，事物谜不用谜格。例如：事物谜"长兄代父，打古人一，管仲"；文义谜"往来无白丁（碎锦格），打古人一，管仲"。二者谜底相同，但猜射方法不同，前者将"仲"会意为排行老二，而后者将"管仲"拆为"个个官中人"解。

其四，事物谜和文义谜的制作者不同。事物谜多由民间口头集体制作，通俗易懂，生动活泼，服务对象以广大民众和少年儿童为主，是民众娱乐和启蒙教育的方式；文义谜的制作规则复杂、要求严格，对制作者的文化知识有一定的要求，主要创作者以文化人为主，但其作品也在民间广泛流传，主要用于灯会和有组织的谜事活动，以及文人聚会当中。

第二节　按形式分类

（一）单谜，指反映对象为一事一物的谜语，是谜语中的大多数。如，"明月来相照，谜底'光临'"、"一物生在腰，有皮又有毛，长短两三寸，子孙里面包，谜底'玉米'"、"大家晋级，谜底'公升'"、"游说，谜底'下水道'"。

（二）组谜，指反映对象是两个以上，多至十几个。组谜所表述的事物之间一般都有某种联系，而不是随意组合。例如，属同一事物的"四四散散，重重叠叠，弗削会尖，弗漂会白，谜底'星、云、月、天'"；有相同特点的"一脚走千里，二脚叫天明，三脚登台坐，四脚守门庭，谜底'伞、公鸡、香炉、狗'"；有相反特点的"有毛不会飞，无毛飞到半空里，谜底'鸡毛掸、风筝'"；有相同声调的"大哥姓罗飘飘荡，二哥姓罗守田庄，三哥姓罗土内长，四哥姓罗响叮当，谜底'萝筛、箩筐、萝卜、铜锣'"；有相同文字的"千变万化头，天下一个头，里通外国头，谜底'舌头、日头、笔头'"。

组谜也有些无规则的，如"大哥尖尖，二哥圆圆，三哥打伞，四哥划船，五哥偷米不用袋，六哥杀生不用刀，七哥一身疮，八哥精打光，九哥一身毛，十哥两把瓢，谜底'辣椒、南瓜、藕、蛙、鼠、猫、苦瓜、茄子、冬瓜、葫芦'"、"天灯笼，地瓦罐，牛皮响，石叫唤，谜底'月、井、敨、磬'"。

（三）连环谜，也叫蝉联迷，它的特点是出谜者和猜谜者连续出谜猜谜，即甲出谜给乙，乙猜出谜底后，甲接着谜底最后一字的韵，继续出谜；另一种是猜谜者和出谜者互换位置，猜谜者猜出谜底后变为出谜者，接前面谜底的韵继续出谜，例如"远看一头马，近看马没头，雷公隆隆叫，雨仔渣渣流，——风仙；风仙是风仙，四脚翘上天，——鼓架；鼓架是鼓架，缚缚又挂挂，——

粽；粽是粽，两头硬，当中松，——枕头……"，如此连续，可以将很多谜连在一起，很有趣味。

连环谜既可以连续往下猜，也可以中途截止。当出谜者和猜谜者有不愿继续时，可以用与谜无关的话岔开，即可收尾，例如"……问十：说是火烧，不是火烧，滚到逍遥；逍遥回来，还是火烧：是个啥？答十：是个日头。煞尾：天上有日头，河里有泥鳅；妈哩兄弟，我哩舅"，这里煞尾部分所说的内容就与谜语无关，表示不再继续了。

连环谜也有不联韵和不交换角色，一人连续出谜的，例如："我说几个谜你猜，你说我猜。大哥山上擂鼓，二哥来来去去，三哥待要分开，四哥待要一处。我猜：大哥是棒槌，二哥是熨斗，三哥是剪刀，四哥是针线。你再说，我猜着。当路一棵麻，下雨开花，刮风结子，这个是伞。一个长大汉，撒大鞋，白日去，黑夜来。这个是灯台。……弟兄三四个，守着亭柱坐。这个是蒜。钻天锥，下达水。这个是塔儿。咳！都猜着了也。真个是精细人。"

连环谜的内容和形式有些像童谣，说的时候还可以配上相应的表演动作，是很好的启蒙教育和民间娱乐形式。

第四章
谜语的制作和
猜射

第一节　谜语的制作

　　谜语是与众不同的民间口头集体创作，有着与众不同的特点。出谜的人主要是通过观察、比较和选择，寻找出要表现的事物能够与其他事物相区别的特征，并告诉猜谜者，因此，他要思维敏捷，风趣幽默，有丰富的生活阅历和各方面的知识；要熟悉民间口头创作的特点和创作的基本技巧，此外，还要熟练掌握谜语的制作规则、步骤和方法。

　　（一）规则

　　不论事物谜，还是文义谜，在制作时都有可遵循的一定之规。只是由于它们之间的不同之处，对规则的依赖程度不尽相同。如上所述，事物谜制作起来限制相对较少，制作者多凭经验从事，而文义谜有较严格的规则，具体如下：

　　1. 底面不能相犯。即谜面和谜底中不能出现相同的字，这种现象，俗称"犯底"。犯底容易使谜语失去隐秘的特性，是谜语制作的大忌。如果出现"犯底"时，要将其中重复的字进行修改，这种修改应当合理和不改变原意，例如"悬崖勒缰，打国名一，危地马拉"，谜

面原是成语"悬崖勒马",这里犯了底面相犯的毛病,故将"马"改为"缰"。这样改的结果,不仅避免了底面相犯问题,还可以对猜谜有启发作用,即从"马"字追溯到谜底"危地马拉"。如何处理重字问题,要看具体情况而定,即谜底确定时,重字应该在谜面处理,如谜底是"人才学",谜面就要用"启蒙教育"而不能是"启蒙教学";谜面确定后,重字要在谜底处理,同时也要对谜目作相应改动,如"亦步亦趋"作面,谜底要用"同行"而不能是"同步"。当底面都是不宜改动的现成词句时,可以衡量二者轻重,选择影响较小和容易改动

的一方解决。

2. 谜面不能有赘字,出现赘字的现象也叫"抛荒"、"踏空"。谜面中多余的字会使猜谜者分散注意力,增加探寻谜底的难度。如"大漠孤烟直,长河落日圆,打成语一,无风不起浪",谜面的前一句可以扣谜底的"无风",而后一句与谜底的"不起浪"无关,没有扣合的对象,这一多余的部分使猜谜者无所适从,摸不着头绪。再如"谢客,打陈子昂诗句一,后不见来者","谢客"扣谜底"不见来者",但"后"字落空,扣合不严谨,如将谜面改成"王夫人谢客",就可以将 "王夫人"解为"后",

底面就字字相扣，无懈可击了。

也有谜面使用的著名诗句或现成语中出现赘字的现象，但当这种"赘字"不影响底面扣合和猜射时，也可以顺其自然，不做改动，如"只是朱颜改，打常用词一，容易"，其中"只是"二字落空，虽无实际意义，但不影响猜射，不作改动仍然可以是好谜。

3. 用字规范。文义谜主要是利用汉字的各种变化，促使谜面和谜底的联系和扣合，因此更要求用字的准确。因为用错字会使底面之间失去必要的联系，于理不通，不能相扣，无从猜起，如"车轮滚滚，打单位一，动物园"，这里的"园"不是形容"车轮"的"圆"，二者之间没有必然联系，不能产生联想，属于用字不规范。制谜时还要注意不使用生造字和错别字。

4. 必须有别解。别解是利用汉字（词）多义的特点，将谜底的一些字（词）不作原意解释，而是使用字（词）另外的意思和谜面相扣。别解一般在谜底，是灯谜的主要特点，也是有区别于事物谜之处和它的魅力所在，例如"千里送鹅毛，打成语一，不近人情"，这里"鹅毛"可别解为"人情"以底面扣合。如"飞针走线，打常用词一，快活"，谜底可以别解为"快针线活"；"自食其力，打常用词一，无赖"，谜底别解为"不依赖别人"；"必需品，打常用语一，未尝不可"，谜底别解为"必需品（尝）"。

5. 谜面与谜底不能"倒吊"。"倒吊"指应在谜底的内容，放在了谜面上。这种现象容易使底面之间的联系不适当。如谜面范围过大，谜底涵盖不了，底面不能扣合，如"果断，打成语一，瓜熟蒂落"，这里"果"字可以理解为"水果"，它除了"瓜"类之外，还可以包括其他很多种类，远超出"瓜"的范围，猜射时容易走偏。这条谜如果将二者位置调换一下，就顺理成章了。

6. 用典正确。制谜时使用典故，一定要真实、正确和有据可查。不能只为追求底面扣合，不顾典故的真实性，或随意改造，如："阿斗聪敏，打宗教名词一，禅机"，"阿斗"扣"禅"，"聪敏"扣"机"，从制谜方法规则上论无错，但从史实上阿斗却是无能的傀儡皇帝，无聪敏可言，故此出用典失实。"陈涉出文集，打五言唐句一，胜作一书生"，历史上的陈涉不是书生，也未出过文集。"正月无初一，打字一，肯"，谜面所说的现象历来未出现过，此谜不能成立。

猜谜虽以娱乐为主，但兼有启智和授业功能，内容一定要真实可信。

7.谜面要成文。谜面除了一个字外，两个字以上就要成文，否则读不通，无法猜射。同时成文的谜面也可以表现出艺术性。如"共二，打成语一，恰如其分"，文字虽少，但是合成文，意思明白。再如"横山倒出，打字一，帚"，谜面虽成文，但却少文采，改作"卧看横山如倒出"就既有文采，更合"成文"的要求。

（二）步骤

因为谜面、谜目和谜底各自不同的功能，所以，在制谜时，要按照一定顺序进行，才能使三者之间相互协调，顺理成章。具体步骤是：

1.选谜底。谜底可选择的范围十分广泛，人们所接触的事物都在取材之列。但所选定的谜底要能用"会意"、"离合"、"别解"等方法进行拆解，是最基本的要求。

2.定谜目。定谜目要求准确，范围不能过于宽泛，使猜谜者摸不着边际，增加猜射的难度；也不能过于简单，使谜底毫无悬念，减少了猜谜的乐趣。谜目应该给猜谜者一个适当的猜射方向。

如果使用谜格，要在谜目前标注清楚。

3.配谜面。配谜面是制谜主要的，也是最需要动脑筋的地方。谜面的要求是内容准确，构思巧妙，文字优美，底面扣合适度。谜面的隐藏程度要适宜，隐得过深，不易猜射，太浅，没有趣味。隐而不晦，显而不露，是谜面的最佳境界。

（三）方法

人们在谜语发展的几千年中，总结经验，制定了一些供制谜者借鉴的方法和遵循的规则，这些规则为制谜者提供了依据和便利。民间谜语的制作有一些基本要求和习惯做法，没有特定的规则。这里介绍的方法，主要是针对文义谜（灯谜）。这些方法和规则使制谜者有方法可学，有规矩可依，也使猜谜者有线索可循。掌握了它们，无论是制谜，还是猜谜，都可以融会贯通、互为应用。

1.离合法，即将某字的笔画或部分结构分解，再巧妙地组合起来产生新意而使底面扣合的方法。离合法充分利用了汉字笔画结构复杂，字中有字，可分可合，变化多端的特点。例如：

"梧桐半死清霜后，打字一，霖"，即将"梧桐"二字的"木"合成"林"，去掉"霜"的下半部，"雨"、"林"

再合成"霖"。

"春末夏初，打字一，旦"，即"春末"指留下"日"，"夏初"指保留上部的"一"， 再组成"旦"字。

"如今分别在断桥，打《红楼梦》人物一，娇杏"。将"如"分成"女、口"，"桥"分开是"木、乔"分别与"女、口"合成"娇杏"。

2. 增补法，即根据谜面或谜底文字的提示，用增加文字、部首、偏旁、笔画的办法，使谜面谜底相扣合。如：

"反，打四字俗语一，吃现成饭"，"反"字加"食"字偏旁，即"飯（饭）"字，"食"与"吃"义同，本谜中增加的字是"现"。

3. 减损法，是将汉字的笔画或结构，根据谜面文义进行减损，再组合成谜底扣合谜面的方法。例如：

"一落千丈，打字一，仗"，"千"去掉"一"与"丈"合成"仗"字。

"讲话要短一些，再短一些，打字一，訾"，即将

"些"字均减去"二"成"此"，"讲话"可解为"言"，"言"和"此"组成"訾"。

"明月当空人尽仰，打字一，昂"，"明"字因"月当空"留"日"；"仰"因"人尽"剩下"卬"，"日"与"卬"合成"昂"。

"牛，打邮政名词一，收件人"，"收"掉"件人"偏旁"亻"即"牛"。

4. 方位法，指按谜面文字笔画所指的方位，将相关的字、偏旁、部首或笔画作相应调整扣合谜底的方法。如：

"口才，打机构简称二，党中央，团中央"，此谜应作"口"在"党"字的中间，"才"字在"团"字的中间解。

"孔雀东南飞，打字一，孙"，谜面可解为"孔"字东边的"乚"和"雀"字南边的"佳"都"飞"了，留"子"和"小"合成"孙"。

5. 移位法，指根据谜面的提示，移动谜底用字笔画而扣合谜面的方法。如：

"国内有点变化，打字一，主"，即"国"内"玉"字"点"的变化成"主"。

"奋力改革，打常用语一，大男"，将"奋"字下半部分移到"力"字上面，即是谜底。

6. 残缺法，是通过谜面文字表现出的残缺扣合谜底的方法。残缺的部位和变化多少一般不固定。如："身残心不残，打一字，息"，"身"字残去下半截，与"心"合成"息"字。

7. 盈亏法，是指谜面文字或此多一画，或彼少一笔，再巧妙组合与谜底相扣的方法。如：

"多少心血得一言，打字一，谧"，"心"字多一"丿"，"血"字少一"丿"与"讠"合成"谧"。

"心有余而力不足，打字一，忍"，"心"多"丶"，"力"不出头，合成"忍"。

8. 半面法，俗称"一半儿谜"，即将谜面某字各取一半后合成谜底的方法。使用半面法应注意自然形成，符合逻辑，不能生搬硬套。用此法的谜面大多有"半"字。如：

"柴扉半掩，打字一，枈"，"柴扉"二字分别去掉"此"和"户"，所剩"木"和"非"合成"枈"。

"半放红梅，打字一，繁"，谜底由"放红梅"三字的各一半组成。

9. 反射法，即根据谜底用字的意思，从相反的方向去制作谜面的方法，例如，"莫用小人，打中草药一，使君子"、"无一死亡，打生物学名词一，共生"。

10．借扣法，是借用谜面词句的其他含义别解出新意，与谜底扣合的方法。例如，"开明，打唐代文学家一，元结"，谜面别解为"明朝的开始"，扣"元朝的结束"。

11．侧扣法，指不从正面理解原意，而借谜面的多义别解以扣合谜底的方法。例如，"江枫渔火，打《儒林外史》人物一，双红"，"枫"和"火"都可别解为红色。

12．分扣法，指谜面的字分别与谜底字扣合的方法,此法有一字扣一字的，也有一字扣多字和多字扣一字的，例如"望穿，打昆曲剧目一，十五贯"，"望"夏历指每月十五，"穿"与"贯"有相同的意思，二者分别与谜底的"十五贯"扣合。

13．溯源法，指追溯谜面的来源及其联系，达到与谜底扣合目的的方法，又叫承上启下法，例如"桃花潭水深千尺，打成语一，无与伦比"，即以谜面的下句"不及汪伦送我情"猜射谜底。

14．离底法，指将谜底分离开扣合谜面的方法。此法应将谜面合成后扣合谜底，例如"七人，打县名一，开化"，

将"化"字分离开即是谜面"七人"。

15．离面法，指将谜面的字拆开扣合谜底的方法，如"诧，打成语一，一家之言"，将"诧"拆为"言、宅"，"宅"可解为"一家"。

16．象形法，指根据事物的特征和汉字字形特点制成谜面的方法，例如"眼前一对靠背椅，打字一，鼎"；"钻进钱眼不自由，打字一，囚"。

17．拟人法，指将谜面要表达的意思人格化而扣合谜底的方法，例如"有位小姑娘，身穿黄衣衫，你若欺负她，她就戳一枪，打昆虫一，蜜蜂"。

18．直谐法，指制作谜底时利用同音字代替本应该使用的字，以达到隐藏谜底的方法，例如"增加十两，打城市一，天津"，"天津"与"添斤"谐音。

19．借笔法，将汉字的笔画、结构多次反复借用，达到"回互其辞"目的的方法，如"一月共一月，两月共半边；上有可耕之田，下有长流之川；一家有六口，全都不团圆，打字一，用"，此谜猜射过程复杂，很有趣味。

20．漏字法，指谜面使用相对定型的语句，并有意漏去其中一两个字，谜底以被漏掉的字，再加上相应字词与谜面扣合的方法，如："界、纲、目、科、

属、种，打二字口头语一，没门"，谜面生物学分类中漏去"门"类，即"没门"。

"石、升、合、勺、撮，打生活用品一，漏斗"，谜面中我国旧式计量单位中没有"斗"，故曰"漏斗"。

21．嵌补法，指在谜面嵌入一两个字，使其产生新义扣合谜底的方法。此法与漏字法有相似之处。如"八十五，打国产影片一，月到中秋"，将谜面嵌补一个"月"与谜底相扣。

22．谐音法，是利用汉语一音多字的特点，借此字之音指彼字之义，从而达到谜面与谜底相扣的方法。谐音法常出现于使用谜格的谜语，如"愤怒的大海（梨花格），打广播器材一，扬声器"，即"愤怒"即"生气"与"声器"谐音，"海"即"洋"与"扬"谐音。

23．象声法，又称谐声法，汉字有"本无其字，依声托事"的造字原理，此法根据象声字的特点，循"声"而入，扣出谜底，如"33，打成语一，靡靡之音"。

24．通假法，是把谜面中某字的今义作古义解释，以底面扣合的方法，亦称"古通法"。通假法有别解和多音的成分，如"已是黄昏独自愁，打外国剧

作家一，莫里哀"。"莫"今作"没有、无、不、不要"解，古时"莫"与"暮"相通，"莫里哀"别解成"暮时悲哀"以扣合。"破晓过河，打三字词汇一，透明度"，古时"度"与"渡"相通，谜面可别解为"天刚透亮时渡河"与谜底扣合。

第二节　谜语的猜射

猜谜的人主要是根据出谜者提供的线索，经过思考、分析、判断，找出事物的本体。猜谜的时候，也有可以掌握的技巧、规则和方法，而且制谜和猜谜之间一些方法触类旁通，都作一些了解，能收到事半功倍的效果。

谜语主要是根据事物的特征和它们之间的关系，经过联想制作而成的。所以在猜谜时也要充分发挥联想的作用。联想正确，对猜谜有帮助；联想不对头，就会误入歧途。例如"鲁迅全集，打文艺形式一，山东快书"，就是通过"鲁"与"山东"，"迅"与"快"，"全集"与"书"之间的关系，经过联想猜出谜底。再如"奔走相告，打体育名词一，跑道"，也是从"奔走"与"跑"，"告"与"道"之间的关系，联想到谜

底的。还有"我住街头，你住巷尾，打谜格一，徐妃"，可如此联想，"徐"中的"余"，古文作"我"解；"妃"中的"女"古文作"汝"，即"你"；"街"的头是"彳"，"巷"的尾是"巳"，将这几部分组合就是谜底。

以上是同义词之间的联想。联想也可以在一些"替代词"之间进行，其中别名和代称可以直接联想，如"布加勒斯特至北京，打古人一，罗贯中"，"布加勒斯特"是罗马尼亚的首都，国家代称的联想。"十月芙蓉，打食物一，阳春面"，"十月"民间叫"小阳春"，古人有"面若芙蓉"之喻，这些文义之间的联系都是联想的线索。

猜谜除了要联想之外，还有一些人们多年总结归纳出的基本方法需要掌握。这当中，事物谜可凭经验，从谜面描述事物形状、形态和功能等方面寻找隐藏起来的线索，猜测谜底。文义谜则主要从谜面文字形、音、义的变化和多义别解探寻谜底。以下是人们多年来总结经验得出的，猜谜时可以使用和行之有效的方法。

1. 会意法。会意法是根据谜面暗含的事物特征、形状、多义别解、典故等寻找谜底的方法。这种方法用在事物

谜和文义谜猜射时有所不同，事物谜主要是注意事物的特征和状态等；文义谜则要多掌握字词多义的别解。会意法又分几种情况：

其一，正面会意，即正猜，是根据谜面的隐意直接探寻谜底。如，"元旦放假，明天上班，打常用语一，一不做，二不休"；"画时圆，写时方，寒

时短，热时长，打字一，日"。

其二，反面会意，即反猜，是根据谜面的暗示，从反面去推测出谜底。如，"东西南北皆是，打国名一，中非"；"唯一希望，打气象用语一，无霜期"；"轻的丢掉，打常用语一，重要"。

其三，分段会意，又叫分扣体，是将看起来谜面同谜底联系不紧密的字谜，分成各段，并使谜面的各个部分分别与谜底的各个部分相扣，得出完整的谜底。如，"异乡风味，打常用语一，客气"，人在异乡为"客"，风味属"气"合起来就是谜底。

2.拆字法。拆字法是根据谜面的内容，对其中用字的笔画和偏旁部首进行增减或位置变化，找出谜底的方法。拆字法有增、损、离、合等形式，故也称增损离合体。

增损式是将字的笔画增加或减少，进行底面扣合的方法，如，"天没它大，人有它大，打字一，一"；"少小离家老大回，打字一，夭"。增损体的谜面中很多都有"半"字，如"半推半就，打字一，扰"；"各取其半，打字一，职"等。

离合式是将字的笔画或部首分离，再重新组合成谜底的方法，如，"其中

多一点，打字一，蜞"，将"其、中、一、点（丶）"组合成"蜞"；"上山下厂参加劳动，打字一，岸"，"岸"是谜面"山、厂、参加劳动（干）"的组合。以上几种方法有时一起使用，遇到这种情况，猜谜者要对具体情况进行分析，例如，"诸君来猜谜，不要走，不要说话，且站在一旁，对着细想，打字一，粗"，猜这个谜时，要将"谜"字不要"辶"、不要"讠"，剩下的"米"与"且"合成"粗"；"他们人不在，打国名一，也门"，将谜面的"他们"均去掉"亻"成谜底。

3.象形法。象形法是利用汉字象形的结构特点，将文字某部分的形状比拟成物，以使谜面和谜底产生关联并相扣的方法。使用这一方法的前提是要了解汉字笔画与所要表现事物的联系，常用的比拟如"干"比蜻蜓，"人"比成对大雁，"亦"比蝴蝶，"个"比竹叶，"巾"比孤帆，"心"比船、月亮等等。猜射这类谜语要具有丰富的想象力，例如"新月伴孤帆，打字一，币"，将谜底上部的"丿"比作新月，下部的"巾"是孤帆，二者合在一起即可。"八字眉毛鹰钩鼻，两眼圆睁大开口，打字一，答"，"八"与眉毛，"厶"与鹰钩鼻，

"口"一目了然，十分形象。

　　文义谜通常是多种手法一起使用，人称这种情况为复合体，它可以使谜语有更丰富的表现和更多趣味性，例如，"边境雁双飞，打字一，坐"，取"境"的"土"字旁，"雁双飞"形似"人人"，合成"坐"。"一道小桥南北架，两行斜雁东南飞，打字一，巫"、"破帽遮颜过闹市，打字一，买"、"远树两行山倒影，轻舟一叶水平流，打字一，慧"等都是可用象形法猜射的谜语。

　　4. 用典法。用典法是文义谜成谜过程中经常使用的手法。用典故可以增加谜语文化内涵和彰显典雅风格。猜谜者要想破解用典的谜语，就要十分熟悉各国数千年历史留下的丰富典故，否则无从猜起。例如"郗鉴选东床，打外国科学家一，爱因斯坦"，此谜采用《世说新语·雅量》"坦腹东床"之典。再如，"大耳儿不记辕门射戟时耶？打成语一，求全责备"，用的是《三国演义》第十九回下邳城曹操鏖兵，白门楼吕布殒命之典；"叶公失色，打古动物名一，恐龙"，用的是"叶公好龙"之典；"刘备听了哭，刘邦听了笑，打字一，翠"，分别用了《三国演义》和《史记》中刘备痛失关羽心情悲伤和刘邦逼死项羽后

幸灾乐祸的典故。如果不知道这里边的故事，猜这样的谜语会很困难。

　　5. 假借法。假借法也叫借代，是汉语修辞方法，指用与原物相关的其他事物的名称、特征等替代要说事物的方法。借代法是谜语制作常用的方法之一。制谜时可借用的事物很多，如，借"天干、地支"的，"太白出东方（东方甲乙木），打字一，子"，此谜借用"天干"内容，"太白"即"李白"，"李"除去"木"即是谜底；"未入灯谜之门，打四字俗语一，羊落虎口"，"未"对"羊"，"灯谜"又叫"灯虎"，借用的是"地支"。

　　借用人名的，"黛玉垂泪伴明月，打字一，湝"，"黛玉"姓"林"入谜底；"孔子墓，打地理用词一，丘陵"，"孔子"名"丘"入谜；"莽翼德，打三国人物一，张鲁"，"翼德"姓张；"唐代瑰宝，打古代人名一，李时珍"，"唐代"是李姓的王朝。

　　借用地名的，"巴黎产品，打常用词一，法制"。

　　借用时间的，如四季、节日、节令的借代。"十六成亲，打成语一，喜出望外"，"望"指"农历的每月十五日"；"三八二十四，打体育用词一，女子双

打"，"三八"代"妇女"，"二十四"
为数量的"二打"。

借用物品和事物的，"千里相逢，
打字一，骤"，"千里"代"马"；"白
兰花，打四字口语一，君子一言"，"白"
对"言"，"兰花"对"君子"。

此外，猜谜时还应注意多义、同
义字词的使用，字词的多义和同义是汉
字的特点，文义谜经常利用这一特点进
行谜语的制作，因此猜谜者熟悉这些汉
字的变化，就能顺利地找出谜面和谜底
之间的关联。

同义词指意思相同或相近的词，
例如：说、谓、曰、言、云、道；行、

走、徙、趋、奔；看、视、望、眺、观、
相等，这些同义词，常出现在文义谜中
以模糊其真正含义，增加隐蔽性，如"难
道，打成语一，不易之论"，"难"对
"不易"，"道"对"论"；"实践，
打成语一，不虚此行"，"实"对"不
虚"，"践"对"行"。

多义词是指有两个或更多意义的
词。字词多义的现象是产生谜语别解的
条件，也是谜语使用它的原因。猜谜者
了解了字词更多的意思，才能自然产生
联想，对猜射很有帮助。例如"不告而
别，打常用词一，秘诀"；"门外告别，
打成语一，在所不辞"等。

第五章
谜格

MIGE

第一节　什么是谜格

谜格就是猜谜要遵循的格式。谜格主要用于灯谜的猜射。其具体表现是通过谜底用字的位置调整、读音相谐、偏旁移动等变化，与谜面相扣合。例如"德智体全面发展（卷帘格），打学科名一，优生学"，此格三字以上，谜底最后一字与第一字倒读扣合谜面，即以"学生优"扣谜面。

谜格是谜语发展到一定阶段时的产物，它对帮助人们猜谜起到一定作用。"格助谜活，格为谜用"，谜格使一些本来不相关的事物之间产生了联系，因此使谜语可用的材料更加丰富，方法更加灵活多样。了解和熟悉谜格是猜谜者探寻猜射线索和方法的途径。但是谜格作为规矩，也会出现"谜之用格，终嫌造作；纵极灵巧，究失天然"的现象，只有使用得当，才会妙趣横生。

谜格的雏形出现在宋代有了灯谜之后，到了明代末年，扬州人马苍山将其整理归纳著成《广陵十八格》，即会意格、谐声格、典雅格、传神格、徐妃格、碑阴格、卷帘格、寿星格、坟地格、虾须格、燕尾格、鼻干格、双勾格、钓鱼格、含砂格、锦屏格、碎锦格、回纹格。

此后谜格一路发展，清代顾铁卿《清嘉录》中记载了谜格二十四种，成书编著《拙序谈虎集》时有谜格六十种，以后王式文的《廋词百格》和张郁庭的《谜格释略》中谜格增至二百余种。民国十五年韩英麟的《增广隐格释》有四百零七格，《制谜味之素》也记载了四百多个谜格。后因谜格的繁缛和对谜语创作的限制，人们对很少使用和不好使用的谜格进行了不断筛选，如今经常使用的仍有百种之多。根据常用、不常用和使用方法的不同，可以将谜格分为移字类、分字类、半字类、删字类、增字类、别字类、对字类、并字类和圈字类等等。

第二节　谜格的种类

（一）移字类，指谜底文字和字数不变，只做顺序上变化的谜格。

1. 秋千格，又叫转珠格、颉颃格。谜底一般为两个字，将其颠倒后切合谜面。例如"正确针灸法，打一军事术语一，对刺"，"对刺"颠倒为"刺对"扣合谜面。

2. 卷帘格，也叫倒读格。谜底三字以上，按顺序合理颠倒后扣合谜面。例如"教师示范，打学科名一，仿生学"，"仿生学"读成"学生仿"扣合谜面。

3. 掉首格，也叫睡鸭格、乙上格、低首格等，谜底三字以上，第一字和第二字互换位置扣合谜面，例如"良策，打建筑名词一，房子设计"，"良"别解为"汉代张良"其字"子房"，此谜底为"子房设计"与谜面扣合。

4. 蕉心格，也叫乙中格。谜底须四字以上的双数，中间两字互换位置扣合谜面。例如"京师，打成语一，千军万马"，古时计数以"千万"为京。

5. 掉尾格，也叫乙下格、掉足格、调尾格。谜底须三字以上，末尾两字互换位置扣合谜面。例如"看图识字，打期刊一，儿童文学"，谜底以"儿童学文"扣合谜面。

6. 上楼格，也叫登楼格、踢斗格。谜底须三字以上，末一字提到首字前连读扣合谜面。例如"红梅揭晓，打植物名一，报春花"，谜底以"花报春"扣谜面。

7. 下楼格，又叫低头格、落雁格、落帽格。谜底须三字以上，首字放到末字后读扣合谜面。例如"十读成九，打成语一，一念之差"，"念之差一"扣合谜面。

8. 上下楼格，谜底须四字以上，首末两字互换位置扣合谜面。例如"三代人都很好，打红楼梦人物二，良儿、孙绍祖"，谜底换为"祖儿孙绍良"合谜面。

9. 辘轳格，谜底须四字以上的双数，一二字互换位置，三四字互换位置，依次类推扣合谜面。例如"冬至一阳生，打词牌名一，应天长慢"，成"天应慢

长"切合谜面。

10. 双钩格，也叫己巳格。谜底限定四字，前两字和后两字换位置读扣合谜面。例如"用战争消灭战争，打成语一，止戈为武"，以"为武止戈"扣合谜面。

11. 垂柳格，谜底须五字以上，把前面的某些字（两字以上）顺移到句子后面，扣合谜面。例如"太极拳操人不老，打体育活动名一，少年运动会"，即"运动会少年"扣合谜面。

12. 牵萝格，谜底须两字以上，将

两个相邻字其中一个的半边，移到另一字的一边，扣合谜面。例如"构巢而居，打县名一，西林"，以"栖木"扣合谜面。

13.移帜格，谜底须三字以上，将某一字的左偏旁或右偏旁，移到间隔一字或数字的另一边读扣合谜面。例如"真个无忧，打成语一，何乐而不为"，"何"字的"亻"旁移植至"为"成"伪"即"可乐而不伪"。

14.易帜格，谜底须二字以上，将其中两个字的一半偏旁或一部分互相移位扣合谜面。例如"和平合作，打草药名一，并头草"，"头"和"草"互移一部分成"莫斗"，成"并莫斗"扣合谜面。

15.螺旋格，谜底须四字以上，每个字均旋转读，而不是按顺序连读以扣合谜面。螺旋格有"中间向外旋"和"外向中间旋"两种。例如"诊，打成语一，毁誉参半"，成"参誉半毁"扣谜面。

16.移珠格，谜底须四字以上，中间一字作间隔两字以上的移动后连读扣合谜面。例如"管中窥斑，打水浒人名、诨号各一，孔明、锦豹子"，谜底解为"孔明豹子锦"。

（二）分字类，指谜底文字有各种形式分离的谜格。

17.虾须格，又叫鸦髻格。因变化方式形似虾须而得名，谜底两字以上，第一字左右分为两字以扣合谜面。例如"巾帼英雄传，打鲁迅作品一，《好的故事》"，谜底第一字拆为"女子"即"女子的故事"。

18.蝇头格，也叫垫巾格，因变化形如蝇头得名，谜底须两字以上，第一字上下分作两字读以扣谜面，例如"每晚休息，打毛泽东词句一，多少事"，将"多"分为"夕夕"即合谜面。

19.蜓尾格，也叫垫足格。谜底须两字以上，末一字上下分成两字读扣合谜面。例如"气象简报，打红楼梦人物一，晴雯"，将"雯"分成"雨文"，以"晴雨文"扣谜面。

20.燕尾格，又叫燕剪格、鱼尾格。谜底须两字以上，末一字分作两字读。例如"久旱 ，打地名一，长沙"，将谜底的"沙"字分为"水少"，以"长水少"扣面。

21.抖乱碎锦格，用法同碎锦格，分字变化无顺序，如"稳拿径赛冠军，打体育用语一，跑道"，可解为"足走包首"。

22.鼎足格，也叫蟾足格。谜底须两字以上，最后一字分成三个字。例如

"欧美民族，打春秋人物一，西施"，将"施"分读为"方人也"，即"西方人也"。

23．曹娥格，又叫碑阴格，谜底的每个字都要分开读，以扣合谜面。例如"天作丝丝道难行，含泪挥手送君行，打鸟名一，露禽"，谜底读作"雨路人离"扣合谜面。

24．解领格，又叫鸳肩格。谜底四字以上，第二个字左右分成两字，连上下文读，扣合谜面。例如"江淮河汉常作客，打成语一，四海为家"，将"海"拆为"水每"连成"四水每为家"，扣合谜面。

25．展翼格，又叫剖腹格、双胎格、振翼格。谜底须三个以上单数字，中间一字左右分作两字读，以扣谜面。例如"阴阳历合订本，打文件名称一，说明书"，将"明"分成"日月"扣谜面。

26．鹭胫格，谜底须四字以上，倒数第二个字左右分成两字，连上文读扣合谜面。例如"医头风请陈琳草檄，打成语一，治病救人"，将"救"分为"求文"，即"治病求文人"。

27．宝塔格，谜底须四字以上的双数词句，二、四、六、八等逢双数字，拆作两字读扣谜面。例如"卿卿，打《诗

经》句一，如何如何"，"何"读"可人"，即"如可人、如可人"。

28．筊垫格，谜底须两字以上，分作上下两字读，扣谜面。例如"农夫心内如汤煮，打水果名一，香蕉"，谜底应为"禾日草焦"，此谜用了《水浒》第16回：智取生辰纲中"赤日炎炎似火烧，野田禾稻半枯焦，农夫心内如汤煮，公子王孙把扇摇"之句。

29．蜂腰格，也叫中分格、断绵格。谜底须三字以上单数，中间一字分上下两字读扣谜面。例如"隆重决策，打地名一，三岔河"，将"岔"解为"分山"，即"三分山河"，典出诸葛亮"隆中对"。

30．筊稍格，谜底须两字以上，每字均为左右两部分，一字作两字读扣谜面。例如"建筑家，打中草药名一，杜仲"，谜底应为"土木中人"。

（三）半字类，指将谜底文字删去一半的谜格。

31．折巾格，也叫侧帽格。谜底须两字以上，将谜底第一个字左右分开，成为两字，只用其半边字连下文读，扣合谜面。例如"南甜，北辣，东咸，西酸，打成语一，饶有风味"，将"饶"去半边留"食"，为"食有风味"。

32．徐妃格，又叫半妆格。谜底须

两个以上同偏旁的字，去掉相同偏旁后扣合谜面。例如"俱往矣，打鸟名一，鸻鹬"，谜底去掉"鸟"为"休留"扣合谜面。

33．半面格，也叫玉璜格。谜底须两字以上，每字均可分开，任取一半扣合谜面。例如"横竖横，打《聊斋志异》篇名一，江城"，解为"工成"扣合谜面。

34．只履格，又叫跻履格。谜底须两字以上，末一字分成两字，去掉一半，取另一半，连上下文读扣合谜面。例如"但使龙城飞将在，打湖名一，莫愁湖"，此谜取王昌龄《出塞》之义，"湖"解作"胡"与谜面扣合。

35．摩顶格，谜底须两字以上，第一个字分成上下两个字，取下半部连上下文读扣合谜面。例如"楚，打成语一，

覆巢之下无完卵"，"覆"有"双"的意思，"巢之下"为"木"，双木为"林"，"卵"即"蛋"，"无完卵"指将"蛋"字拆开，三者合成"楚"，扣合谜面。

36．折翼格，也叫曲袖格、楚腰格、瘦腰格。谜底须三字以上的单数词句，将中间一字分成两字，取其一半连下文读，扣合谜面。例如"皆大欢喜，打曲牌名一，众仙乐"，取"仙"之"人"为"众人乐"。

37．蝉蜕格，谜底须有口、门、行、几等相同包围式部首的两字，取相同的部首后扣合谜面。例如"千分比，打词汇一，田园"，谜底去掉部首为"十元"，猜"千分"之一。

38．摘遍格，也叫摘顶格。谜底须两字以上同部首的词句，猜时去掉每字

相同部首，读下半部扣谜面。例如"一年最热的时候，打中草药名一，茯苓"，谜底成"伏令"扣合谜面。

39．同心格，又叫同心结、鸳鸯带。谜底须四个以上的双数字，将中间两字合成一字读扣谜面。例如"不交真正朋友，打成语一，与人为善"，"人为"合为"伪"，成"与伪善"扣合谜面。

（四）删字类，指将谜底某字删除的谜格。

40．遗珠格，也叫解带格、挖心格、折腰格、抹胸格等。谜底须三字以上单数字，去掉中间一字扣谜面。例如"想念子之子，打词牌一，忆王孙"，解为"忆孙"扣合谜面。

41．脱帽格，也叫升冠格、免冠格、落帽格、孟嘉格、龙山格等。谜底须三字以上，将第一字去掉后扣合谜面。例如"鲁智深绰号，打《聊斋志异》人名一，紫花和尚"，解为"花和尚"合谜面。

42．脱靴格，也叫弃履格、无底格、跣足格，谜底须三字以上，去掉末一字扣合谜面。例如"玉环，打京剧名一，杨门女将"，谜底作"杨门女"扣合谜面。

43．并蒂格，又叫并足格、连横格。谜底须三字以上，将最后两字合并成一个字，连读扣合谜面。例如"风雨荷塘，打郑板桥词一，荷叶乱翻秋水"，"秋水"合为"湫"即"水"，以"荷叶乱翻湫"扣合谜面。

44．期艾格，谜底须三字以上，去一个重叠字后扣合谜面。例如"乘法入门，打体育项目二，驯马、马术"，谜底作"驯马术"扣合谜面。

45．神龙格，谜底以用长句为宜，前半部的大部分扣合谜面，后半部少部分去掉，应由旁边的邻近的字消除。例如"瞎子，打电影一，看不见的战线"，谜底舍去后半部为"看不见"扣谜面。

46．折胫格，也叫脱袜格、缓带格、不胫格。谜底须四字以上，去掉倒数第二字扣合谜面。例如"分，打电影一，汾水长流"，谜底以"汾水流"扣合谜面。

47．双落靴格，谜底五个字以上，末二字删去，以留下的字多于删去的字扣谜面。如"我乃无名辈，打七言千家诗句一，时人不识余心乐"，谜底以"时人不识余"扣谜面。谜底为宋程颢《春日偶成》句。

48．双折腰格，谜底字数为双数，删掉中间二字扣谜面。如"走卒，打多字成语一，不越雷池一步"，谜底以"不越一步"扣谜面。

49．摘领格，又叫折领格、折项格、

射喉格。谜底须四字以上，去掉第二个字后扣合谜面。例如"我们村里的年轻人，打电影三，家、望乡、年轻的一代"，谜底去掉"望"为"家乡年轻的一代"扣谜面。

（五）增字类，指在谜底增加文字、标点、谜目或另一谜底的谜格。

50.回文格，谜底须两字以上，先顺读一次，再倒读一次，两次意思加在一起扣合谜面。例如"射谜能手猜射谜，打水浒人物绰号一，打虎将"，谜底以"打虎将，将虎打"扣合谜面。"灯谜"也称"虎"。

51.重门格，又叫二进宫格、叠户格。谜底用一字、一词或短句组成，不直解谜面之意，以谜面先射寓意，再由本义至转义扣合谜面。例如"子丑寅卯辰巳午未申酉亥，打字一，虫"，先解谜面缺"戌"，再"戌"对"狗"，"狗"又称"犬"，"犬"亦为"虫"，谜底即解开。

52.红豆格，也叫金锁格。谜底须三字以上，将句子有意断开，改变原意扣合谜面。例如"九十九，打成语一，百无一是"，谜底读为"百无一，是"扣谜面。

53.藏珠格，又叫嵌腰格，指谜底

应是双数字，在中间嵌入一字扣合谜面。例如"鹏程展翅，打经穴名二，飞扬、万里"，谜底嵌入"九"字为"飞扬九万里"扣合谜面。

54.簪花格，谜底须用两字以上的词或成语，第一个字只允许加草字头或竹字头扣谜面。例如"张苞，打成语一，方兴未艾"，谜底"方"变成"芳"，以"芳兴未艾"扣谜面。

55.反切格，以谜面或谜底两个字中上一字的声母和下一字的韵母相切，得另一字，再加入"反"或"切"字，扣合谜面。例如"枪林，打常用词一，亲切"，"枪林"反切成"亲"，再加"切"扣谜底。

56.苏黄格，谜底的词不直解谜面的意思，先以谐音附会，后入本意，经转义扣合谜面。例如"剪烛，打科举名一，状元"，"剪烛"意会"一夹一明"，谐音为"一甲一名"即"状元"。

（六）别字类，指用另外的字替换谜底文字的谜格。

57.梨花格，也叫梅花格、谐音格、全白格、全谐格，谜底须两字以上，字字谐音扣谜面。例如"测绘战士，打中国现代作家一，梁斌"，"测绘"为"量"，"战士"为"兵"，以"梁斌"谐音扣合谜面。

58.粉底格,也叫白足格、素履格、踏雪格、履霜格,谜底须两字以上,末一字以谐音扣谜面。例如"新闻纪录,打健身项目一,广播操","操"谐"抄"音扣谜面。

59.白头格,又叫白首格、皓首格、粉头格、雪帽格、寿星格、素冠格、冠玉格、望月格等,谜底须两字以上,第一字以谐音代替扣谜面。例如"望梅止渴,打地名一,响水","响"谐"想"音。

60.素心格,又叫素腰格。谜底须三字以上单数,将中间一字谐音别解扣谜面。例如"幼儿园,打京剧名一,群英会","英"谐"婴"音扣谜面。

61.朱履格,谜底须三字以上,除末一字正读、正义,其他字都谐音别义以扣谜面。例如"一唱雄鸡天下白,打明代书画家一,文征明","文征"谐"闻正"成"闻正明"扣谜面。

62.围棋格,谜底须四字以上的双数,以上半截字正音正义,下半截谐音别义,或反音义扣合谜面。例如"未谙姑食性,先遣小姑尝,打成语一,心腹之患","心腹"谐音"新妇"扣合谜面。

63.榴裙格,也叫烧尾格。谜底须四字以上,除倒数第二字为正音义,其他字都谐音别义扣合谜面。例如"父亲常在动脑筋,打国名一,巴巴多斯","巴巴"谐"爸爸"音,"斯"谐"思"音。

64.鹤顶格,又叫朱颜格。谜底须三字以上,第一字为正音义,其他字谐音别义扣合谜面。例如"两岸垂杨柳,波心织绮纹,打成语一,风声鹤唳",将"声鹤唳"谐音"生河里"扣合谜面。

65.赤颈格,谜底须四字以上,除第二字正读,其他字均谐音别义扣合谜面。例如"伤心细问儿夫病,打成语一,杯盘狼藉","杯"谐音"悲","狼藉"谐音"郎疾"扣谜面。

66.乌纱格,谜底须四字以上,将第一字读为形似字别读扣谜面。例如"坐以待旦,打红楼梦人物一,侯晓明","侯"读为"候"扣合谜面。

67.青领格,谜底须四字以上,将第二字别读为形似字以扣谜面。例如"独木撑天,打成语一,一技之长",将"技"别为"枝"扣合谜面。

68.黑胸格,谜底须三字以上的单数,将中间的字作形似字别读扣谜面。例如"马后炮,打《红岩》人名一,车耀先",将"耀"别为"跃"扣合谜面。

69.黑带格,谜底须四字以上,将

倒数第二字作形似别读扣谜面。例如"鸿,打电影片一,突破乌江",将"鸟"别为"鸟"合谜面。

70.皂靴格,谜底须两字以上,末一字形似别读扣合谜面。例如"梁上君子,打成语一,登高作赋","赋"别为"贼"扣合谜面。

71.玉颈格,又叫粉颈格,谜底须四字以上,第二字谐音别义扣谜面。例如"免刑,打成语一,不乏其人","乏"谐为"罚"。

72.粉腿格,又叫素胫格,谜底须四字以上,倒数第二个字用谐音代替扣合谜面。例如"乡村四月闲人少,打节令二,夏至、芒种","芒"谐音"忙"扣合谜面。

73.丹心格,又叫丹枕格、红中格。谜底须三字以上单数,除中间一字解正义,其他字谐音别义扣合谜面。例如"一群老鼠入绳套,打外国人名一,杜勒斯","杜"谐为"都","斯"谐为"死"扣合谜面。

74.还豕格,也叫乌焉格、鲁鱼格。谜底须二字以上,将所有字别读扣合谜面。例如"重峦叠嶂,打昆虫名一,蜜蜂",谜底"蜜蜂"别为"密峰"扣合谜面。

75.玉带格,谜底须三字以上单数,中间一字谐音扣谜面。如"妈,打地方戏一,女驸马","驸"作"附"解扣谜面。

(七)对字类,指谜底文字和谜面文字成对的谜格。

76.求凰格,谜底除与谜面对仗、分平仄外,要在谜底的前面或后面加上有成对含义的附加字,如:对、配、比、双、齐、偶、会、匹、伍、缘、朋、相逢、鸳鸯等。例如"实弹,打京剧一,花枪",依格谜底为"对花枪"。

77.遥对格,也叫锦屏格、楹联格、菱花格、鸳鸯格,为谜底和谜面字数句式工整,合辙押韵,字义对仗。例如"青山,打地名一,秀水","青山"与"秀水"相对。

(八)并字类,谜底文字部分合并的谜格。

78.合璧格,谜底通常用四字组成,每两字并作一个字以扣谜面。例如:早晨,打成语一,一日千里。"一日"合为"旦","千里"合为"重",以"旦重"扣合谜面。

79.牟尼格,即取消谜底中的标点,前后部分联为一句扣谜面。例如"文丞相印,打《左传》句一,信,国之宝也",

此指文天祥曾任丞相，封信国公，谜底为"信国之宝也"。

80.合纵格，又叫比目格，谜底前面二字合成一字扣合谜面。如"更上一层楼，打成语一，一日千里"，底解为"目千里"，借"欲穷千里目，更上一层楼"意。

81.连横格，又叫并足格，即将谜底末二字合成一字扣合谜面。如"号（táo），打成语一，口是心非"，谜底成"口是悲"。

82.叠锦格，指谜底第一字和最后一字不动，中间的字合一扣合谜面。如"儿童学习卡，打成语一，片言只字"，谜底为"片识字"。

83.比目格，也叫叠绵格、合纵格，谜底须三字以上，将第一、二字并作一个字，连下文读扣合谜面。例如"相见再说，打成语一，人云亦云"，将"人云"合为"会"成"会亦云"扣合谜面。

84.联珠格，谜底大多为诗词、文章句，以上句末字，下句第一字连缀成一词扣谜面。例如"十二克，打毛泽东词句二，不管风吹浪打，胜似闲庭信步"，解为"打"数量词，为"十二"；"胜"有"克"的意思，以扣谜面。

（九）圈字类，谜底中某字作圈读（异读）而扣谜面的谜格。

85.系铃格，谜底须两字以上，将其中某字故意读作另外的音扣合谜面。例如"珠穆朗玛峰，打成语一，藏之名山"，"藏"读作"zàng"扣合谜面。

86.解铃格，谜底须两字以上，用法与系铃格相反。例如"你俩行驶都违章，打象棋术语一，双车（jū）错"，此处的"车"读"chē"以扣合谜面。

87.移铃格，谜底中某本应圈读的字解读本音，另一字应读本音的圈读，以扣谜面。例如"为令尹无喜色，打《礼记》句一，县而不乐"，"县（xuán）"读本音"xiàn"，"乐（yuè）"读本音"lè"扣合谜面。

88.庐山格，谜底须两字以上，将某字的今译作古义释。例如"欲济无舟楫，打物理名词一，难度"，将"度"的本义"程度"当作古义"渡"扣合谜面。

谜语举例

第一部分：事物谜

东一片，西一片，隔个茅山不见面，
打人体一，耳。

上有毛，下有毛，当中嵌个紫葡萄，
打人体一，目。

弟兄十个都姓贾，个个头上戴块瓦，
打人体一，手指。

一个葫芦七个眼，听的听来喊的喊，
打人体一，头。

高高山上一蓬草，是个老牛吃不了，
打人体一，头发。

兄弟两个一般大，隔着山头不说话，
打人体一，耳朵。

五个孩子一块耍，个个头上顶块瓦，
打人体一，手指。

红门楼，白粉墙，里头坐个红娘娘，
打人体一，口。

早上开门，夜晚关门，开门细看，
里面有人，打人体一，眼睛。

十个和尚，分居两旁，日同行路，
夜同卧床，打人体一，脚。

讲话弗开口，做事弗动手，走路弗
动步，吃食弗落肚，打生理现象一，做梦。

八把尖刀，两把剪刀；包袱一背，
滑脚就跑，打水产品一，蟹。

有翼无毛肚内空，无铁无铜响如钟，
打昆虫一，蝉。

小小诸葛亮，独坐中军帐，摆下八
卦阵，要捉飞来将，打昆虫一，蜘蛛。

头顶两只角，肩背一只镂；只怕太
阳晒，不怕大雨落，打动物一，蜗牛。

身子圆圆肚内空，一对鸳鸯进宝笼，
菊花见面回家去，荷花见面再相逢，打
用品一，竹夫人。

远看刘家很穷，近看刘家并不穷，
朱红外边板壁，内边珠宝重重，打果品一，
石榴。

红箱子，绿盖头；揭开来，咬一口，
打果品一，柿子。

后门头，一潮鹅，人客来，赶落河，
打食物一，汤圆。

徒劳（脱靴格），打饮料一，白干酒。

芦苇剧场（脱靴格），打饮料一，
茅台酒。

哪里来了一群鹅，扑通扑通跳下河，
打食品一，饺子。

小白罐，弯弯盖，里面盛着杂烩菜，
打食品一，包子。

亲亲嘴，对对嘴，落到地上张开嘴，
打食品一，瓜子。

泥里生出来，磨里转出来，盖过四方印，挑到街上卖，打食品一，豆腐。

白糖梅子真稀奇，也没核儿也没皮，正月十五沿街卖，过了正月没人提，打食品一，元宵。

兴葱葱，矮蓬蓬，洗洗屁股嫁老公，打劳作一，插秧。

高高山，低低山，鲤鱼跳过白沙滩，打劳作一，织布。

东边出日头，西边雨湫湫，知了树上叫，鸭蛋河里游，打劳作一，抽丝。

石山高，石山低，石山缝里雪花飞，打劳作一，磨粉。

紫竹栏杆木搭台，一位姑娘请出来，只听台上的卜响，一朵鲜花缓缓开，打民间工艺一，刺绣。

四四方方一条柴，做官做宦做太太，绫罗绸缎都穿过，并未穿过半对鞋，打玩具一，木偶。

一重一重又一重，要跳龙门路不通，红头将军来引路，一朵鲜花满地红，打用品一，爆竹。

铜打船，铁做铊；只许走，不许坐，坐一坐，就闯祸，打用具一，熨斗。

矮矮一只狗，睡在大门口，给它一锄头，矮狗会开口，打用具一，锁。

矮子哥，心眼多，吃红饭，屙黑屎，打用具一，火炉。

铁将军领兵，铜将军点兵，初一动身，十六到京，打计量用具一，秤。

竹子栏杆木头墙，一窝小猪在内藏，五虎上前去抓猪，吓得小猪乱碰墙，打生活用具一，算盘。

牛家小姐配丁郎，雨天出门晴天藏，逢泥泥上起窟窿，逢石石上响叮当，打生活用品一，钉鞋。

一物生来肋巴多，出门千里送哥哥，哥哥门里俺门外，俺在门外泪如梭，打生活用品一，伞。

我在娘家，清清秀秀，到了夫家，黄皮枯瘦，碰到懒惰阿嫂，把我日晒夜露，打生活用具一，晾衣竹竿。

远望一只塔，近望红娘来拜塔，红娘走到塔顶上，不见红娘不见塔，打生活用品一，盘香。

哥俩一般高，见面就摔跤，打日常用品一，筷子。

因为看不清，反要加一层，打日常用品一，眼镜。

红娘子，上高楼，内心伤，眼泪流，打日常用品一，蜡烛。

哈巴狗，依墙走，走一步，咬一口，打日常用品一，剪刀。

百根梁，独根柱，中间只有一人住，打日常用品一，伞。

一只狗，站门口，扎一刀，张开口，打日常用品一，锁。

有风不动无风动，不动无风动有风，打日常用品一，扇子。

个子不高，浑身长毛，立着不走，躺下乱跑，打日常用品一，鸡毛掸。

两兄弟，手拉手，一个转，一个走，打文化用品一，圆规。

扁扁舌，尖尖嘴，要走路，先喝水，打文化用品一，钢笔。

生来一尺长，上面都是节，两头非常冷，中间非常热，打生活用品一，日历。

一天过去脱衣裳，一年过去全身光，打日常用品一，日历。

一个矮人，有名有姓，碰到事情，留他作证，打日常用品一，图章。

东西不大，里边有画，飘洋过海，走遍天下，打日常用品一，邮票。

生来白头，爱抹黑油，闲时戴帽，忙时光头，打文化用品一，毛笔。

没到手，要抢他，抢到手，扔掉它，打体育用品一，篮球。

青竹扎环，纸做衣裳，风来上天，雨来收揽，打文化用品一，风筝。

两国交战，兵强马壮，马不吃草，兵不吃粮，打文化用品一，象棋。

十九乘十九，黑白两对手，有眼看不见，无眼活不久，打文化用品一，围棋。

两兄弟，一样长，有肋骨，没肚肠，打工具一，梯子。

我有一张琴，丝弦藏腹里，用时马上弹，弹尽天下曲，打工具一，墨斗。

小小铁娃娃，身矮力量大，如果论举重，本领数它大，打工具一，千斤顶。

摸摸平平，看看明明，打文化现象一，文字。

十二个头六只角，三十六个脚，人人都有份，个个猜不着，打文化现象一，十二生肖。

天下第一家，出门先用它，人人说它小，三月开白花，打姓氏四，赵、钱、孙、李。

一更二更不见月，三更四更下大雪，五月的柿子不好吃，想吃柿子到八月，打颜色四，黑、白、青、黄。

汉唐宋元明清，打中国历史名词一，六朝。

汉字简化，打中国历史名词一，中书省。

水皱眉，树摇头，花弯腰，云逃走，打气象语一，风。

枪打没洞，刀砍没痕，八十岁公公咬得动，打生活必需品一，水。

第二部分：文义谜

九十九，打字一，白。

禽，打字一，八。

十分道地，打字一，诗。

孔方兄，打古人一，钱昆。

仲尼日月也，打古人一，孔明。

进退维谷，打七言宋诗句一，只缘身在此山中。

喜脉，打中药一，预知子。

三揖三让，打三国人一，陆逊。

老眼穿针，打四字语一，孔子不见。

桃花扇，打红楼梦人物一，李纨。

借问酒家何处有，打红楼人物一，探春。

出水芙蓉，打花名一，旱莲。

不事王侯把钓竿，打词牌一，渔家傲。

两岸猿声啼不住，轻舟已过万重山，打物理用语二，共鸣、速度。

一张弓，两只箭；和尚念，闲人看，打字一，佛。

言对青山山不青，二人土上一同行，三人骑牛牛无角，草木之中立一人，打字四，请坐奉茶。

远看是点心，近看是点心，虽然是点心，充饥却不行，打字一，芯。

远看是口袋，近看是口袋，不是布做的口袋，也不是装粮的口袋，打字一，戴。

员字加个立，猜起很费力，打字一，赔。

唐虞有，尧舜无，商周有，汤武无，打字一，口。

生员与和尚口角，和尚不成和尚，生员不像生员，打字一，赏。

多一笔，教学生，少一笔，带士兵，打字二，师、帅。

一点一横长，口子在中央，大口张着嘴，小口里面藏，打字一，高。

一字生得恶，头上两只角，身上六个口，底下八字脚，打字一，典。

落花无言，打字一，射。

同室操戈，打字一，戽。

秋水共长天一色，打字一，晴。

有失远迎，打常用词一，接近。

后会有期，打常用词一，待遇。

人造太阳，打常用词一，假日。

上海的早晨，打常用词一，申明。

东临碣石有遗篇，打常用词一，操作。

无可奈何花落去，打常用词一，感谢。

虚怀若谷，打常用词一，抱歉。

禁止叫好，打成语一，妙不可言。

单身宿舍，打常用词一，对不住。

良药苦口利于病，打古人名一，辛弃疾。

古为今用，打古人名一，史可法。

一寸光阴一寸金，打地名一，贵阳。

全面整顿，打地名一，大理。

有求必应，打地名一，都灵。

文明经商，打地名一，利雅得。

谜语故事选

子路买"东西"

孔子带弟子们周游列国时，一日到某城，发现乘坐的辇车坏了，需要木料修理。孔子对子路说："你到街上去买点干粮充饥，再带些'东西'回来。"说的时候，孔子特意将"东西"二字念得重了些。子路转身后嘀咕，"东西"到底是什么，又不敢多问。子路一边走，一边琢磨，不留神撞到一个摊贩的木板上。摆摊的老汉问："后生，想什么哪？走路留点神呀。"子路忙施礼说："实在抱歉，我心里有事不明白。"于是把老师对自己说的话告诉了老汉。老汉笑着说："你老师说的'东西'是个谜，他要考考你的学业好不好。这里说的是阴阳五行中的东西，东方甲乙木，主木；西方庚新金，代表金属。你老师是叫你买木头和钉子。"子路这才恍然大悟："路上老师发现车子坏了，要修理。"子路按照老人家的指点，买了食品、木料和钉子回来，孔子看到很满意，赞许一番。

曹孟德药谜试华佗

《三国演义》中记载，曹操有头疼病，请当代名医华佗医治。曹操想用草药试一下华佗的医术。于是口授徐庶记录十六句四言诗，即"胸中荷花，西湖秋英。晴空夜明，出入其境。长生不老，永远康宁。老娘获利，警惕人家。五除三十，假满期临。胸有大略，军师难混。接骨医生，老实忠诚。无能缺技，药店关门"。华佗看后写出十六味草药名，"穿心莲、杭菊花、天南星、生地、万年青、千年健、益母、防己、商陆（六）、当归、远志、苦参、续断、厚朴、白术、没药"。曹操看后大赞："不愧为神医。"

陶渊明解谜慰少女

陶渊明辞了县令，回家后过上悠闲的田园生活。一日，他到河边闲逛，遇到一位少女坐在河边哭泣。陶渊明上前问她为什么哭泣。少女哭着说道："前些日子，家父请了个算命先生，说我到了出嫁年龄，算一下我命的好坏。算命先生给我父亲写了四句话：'风流女，河边站，杨柳身子桃花面。算命打卦她没子，儿子生时娘不见。'"说完了，少女又呜呜地哭起来："先生，您听，我的命多苦呀！"陶渊明听罢，笑着对少女说："不要哭了，那算卦的先生说的是一个谜，他在赞美你的容貌，把你比作一朵花，你没猜到吧？"少女一想，说："先生，他说的是荷花吗？"陶渊明大笑："对啦，快回家告诉你父亲去吧。"

骆宾王谜柬请挚友

唐初四杰之一骆宾王，七岁时写了一首咏鹅诗：鹅、鹅、鹅，曲项向天歌，白毛浮绿水，红掌拨清波。一次，骆宾王生日给亲朋好友发了请柬。生日那天，被请的人都来了，就是有一位挚友没来。骆宾王想了个办法，又请了他一次。那位好友打开请柬，上面有一首诗：自西走到东边停，蛾眉月上挂三星。三人同骑无角牛，口上三划一点青。友人看过诗，立即到了骆家。有人问这四句诗是什么意思，友人说："他的诗每句一个字，'一心奉請（请）'。一定要去了。"

苏小妹制谜

苏小妹与秦少游结婚后除了吟诗、填词外，也常猜谜为乐。一日，小妹说："我做了一个字谜，你可能猜对？"秦少游听了，兴致勃勃地叫快说。小妹说："要是猜不出，可要在门外罚站。"苏小妹接着出谜面："两日齐相投，四山环一周，两王住一国，一口吞四口。"少游猜了一天也没猜出谜底，很佩服妻子的才能，又暗自叫苦。想了想，只好去求大舅子。此时，苏东坡正要吃晚饭，见秦少游进来，忙着招呼。少游一门心思在猜谜，根本顾不得吃饭，忙说出相求之事。苏东坡一听，大笑说："别急，先吃饭。我一定能救你。"随后叫厨子做了一道"西湖醋鱼"。鱼端上来后，东坡将鱼头和鱼尾夹掉，只留下中段，笑着说："少游请看，这便是谜底。"少游顿悟，原来这"鱼"去掉头尾，就只剩下中间的"田"了。

丘浚射"虎"

明朝广东有个书生叫丘浚，读书很多，有"丘书柜"的雅号。一天，丘浚到省城参加科举考试，途中在一家旅馆住宿，店主有个聪明伶俐的女儿叫鹧鸪。她见到丘浚问道："秀才，人家都说你很能猜谜，今天我出个谜叫你猜猜。"于是说道："二人并坐，坐到二鼓三鼓，一畏猫儿二畏虎。"丘浚想来想去，想道：二鼓是"亥"时，三鼓是"子"时。亥时生出来的属猪，猪害怕老虎；子时所生人属鼠，老鼠怕猫。想到这，丘浚很高兴，连称妙哉，说出了谜底。鹧鸪笑着夸道，不愧是"丘书柜"。这个谜底是"孩"字。

画谜讽慈禧

清末朝廷无能，八国联军攻打北京，慈禧太后扮成农妇，带着一群随从便连夜逃出京城。这情形叫山东蓬莱一个有名的画家知道了，他很气愤，想用画来解心头的愤怒。他抬头看到自己画室有一幅荷塘莲花，还有一幅他学生为他祝寿的六个寿桃，灵机一动，画了一幅画，装裱之后，托人送给了慈禧。然后逃到很远的地方。

慈禧一行逃到山西太原，仍过着奢侈的生活。这时，那幅画也送来了，众人看着大大的荷叶托着一个寿桃，题字"莲叶托桃"。官员们齐声道贺"祝老佛爷万寿无疆"。人群中有一位官员看过画后大惊，心想这画画的人是满门抄斩的罪。

慈禧开始看画时还频频点头，等有个太监提醒她看那几个字时，慈禧气得给了旁边太监一个大嘴巴，骂道："你们这群蠢材，这画什么意思还不明白，赶快把那个画画的给我抓来。"这时大伙才明白过来，那几个字的意思是"连夜脱逃"。

老农制谜

夏日的一天，酷热难耐，祖孙二人在地里干活，累了就在地头歇息。为了解乏，爷爷说了个谜叫孙子猜。这谜还是他小时候私塾先生教的。"忆当年，头戴彩色缨帽，身穿罗纱数套。别人见了喜悦，自己也觉俊俏。不幸老年到，衣帽被剥，悬空高吊。受尽风吹日晒，弄得皮干心燥。他日被放下，还不轻饶。大的骨肉分离，最终还不免到衙门走一遭。"到了活快干完，孙子也没猜出来。其实就是"老玉米"。